让我们来谈谈我们的灵魂

The Soul of Rumi

[波斯]鲁米 著

[美]巴克斯/英译 万源一/中译

CNS 湖南文艺出版社 HUNAN LITERATURE AND ART PUBLISHING HOUSE 博集天卷 CS-BOOKY

著作权合同登记号：图字18-2014-229

图书在版编目（CIP）数据

让我们来谈谈我们的灵魂 /（波斯）鲁米著；（美）巴克斯英译；万源一中译. —长沙：湖南文艺出版社，2016.5（2025.1重印）
书名原文：The Soul of Rumi
ISBN 978-7-5404-7580-2

Ⅰ.①让… Ⅱ.①鲁… ②巴… ③万… Ⅲ.①诗集－伊朗－中世纪 Ⅳ.①I373.23

中国版本图书馆CIP数据核字（2016）第082188号

上架建议：心灵·诗集

RANG WOMEN LAI TANTAN WOMEN DE LINGHUN
让我们来谈谈我们的灵魂

作　　者：［波斯］鲁米
英　　译：［美］巴克斯
中　　译：万源一
出 版 人：陈新文
责任编辑：薛　健　刘诗哲
监　　制：邢越超
策划编辑：李彩萍
特约编辑：何琪琪
版权支持：姚珊珊
营销支持：傅婷婷　文刀刀　周　茜
封面插画：Gokce Irten
封面设计：利　锐
版式设计：张丽娜
内文插画：H丿S
出　　版：湖南文艺出版社
（长沙市雨花区东二环一段508号　邮编：410014）
网　　址：www.hnwy.net
印　　刷：北京嘉业印刷厂
经　　销：新华书店
开　　本：680mm×955mm　1/16
字　　数：250千字
印　　张：21
版　　次：2016年5月第1版
印　　次：2025年1月第4次印刷
书　　号：ISBN 978-7-5404-7580-2
定　　价：49.80元

若有质量问题，请致电质量监督电话：010-59096394
团购电话：010-59320018

目录

contents

推荐序

张德芬

鲁米的诗作，终于要在华语世界正式出版发行了。这不得不归功于我工作和生活上的最佳伙伴。当初我给她介绍鲁米的诗，她着迷了。我搜索了一番，大陆很久以前出版过一本鲁米的诗集，但早就绝版了。台湾地区这么多年以来，也只出过几本不起眼的鲁米的诗集（其中一本我买过，叫《在春天走进果园》），没引起太多的关注。

但是我真的非常非常喜欢鲁米。他究竟是谁呢？他是波斯诗人，苏非派的神秘主义者，我不在乎他的这些头衔，我就是喜欢他的诗。相较于惠特曼或是纪伯伦，他的诗不但入世，而且内容广泛，更具有“人性”。他好像能把周遭所有的事物都信手拈来地发挥成诗作，所以他的作品量非常大。这次出版的是他的精品，字字铿锵有声又发人深省。

从他的生活来看，他本身就是一个非常入世的人，就像他亦师亦友的伟大修士夏姆士一样，可以在灵魂恍惚狂喜的状态和日常的体力劳动之间自由转换。他们彼此寻找对方，最终聚在一起，夏姆士对鲁米本身的修行和创作有巨大的影响，尤其是在夏姆士被鲁米身边嫉妒他的人杀害之后，极端的痛苦罪咎让鲁米的灵魂爆发出了最强大的创造力。本书对他们相逢、相知和相交的过程有详细的描述。

其实鲁米最有意思的是他的诗歌里面包罗了各种话题，尤其不忌讳性爱方面的话题，就像他说：“哈里发虽然阳痿，但是真正的男子汉。真正的男子气概，是克制感官享受的能力。”当然，对于爱情，他也是毫不吝惜地在诗中淋漓尽致地发挥。这又有一点像我们中国著名的诗人仓央嘉措，诗作表面谈的是爱情，其实说的是修行深层次的奥秘。

比方说："我想成为你赤足走过的地方。因为，也许在你迈步之前，你会看着地上。我想要这样的赐福。"还有："恋人和心上人的爱抚，多么熟悉而谦恭，但在其中有一种莫名的冲动，它要创造一种会消融所有其他形状的形式。记住，通往圣地入口的大门，就在你的内在。"所以，表面上看起来是和恋人之间的爱情，但其实爱情也不过是帮你靠近自己内在神圣的一条管道。"如果你爱上爱情，那就寻找你自己。"这真是经典名句啊！

我还喜欢的一段是："我们如何才能从内在了解神性的品质？如果我们只通过比喻了解，那就像是当孩子问性爱是怎么回事时，你却回答：'就像糖果，非常甜蜜。'性爱的本质伴随愉悦而来。无论你如何谈论奥秘，我知道，或者，我不知道，这两种说法都接近真相，这两种说法都不算是谎言。"这里面深沉的含义可能真的需要我们自己好好地沉思冥想、琢磨了。

当然，鲁米也表达了爱的最高境界，而且表述得非常入世、落地："没有什么爱，能胜过没有对象的爱，没有什么工作，能比没有目的的劳作更令人心满意足。"这种境界是令人神往的，没有目的的劳动，像随手画画、种地甚至做家务，都可以是一种令人心满意足的修行方式。而没有对象的爱，就是大爱，那才是真爱。

鲁米也极其喜爱动物和植物，他在诗作当中常常以各种动物和植物为对象来发挥。比方说："人们希望你快乐。不要继续用你的痛苦来服务他们！如果你能解开你受缚的翅膀并释放你嫉妒的灵魂，你和你周围的每一个人就会像鸽子一样起飞。”还有：“我说的话语，让我酣醉。夜莺、鸢尾花、鹦鹉、茉莉：我说它们的语言，同时也说出，我对夏姆士·大不里士的思念。”

很多人说鲁米是同性恋者，即便他有妻有女，但是我个人觉得，他对夏姆士的爱，并不是那种肉体的情欲，因为他表达的意境实在太美了：“在我耳边，除了你的声音，我什么也听不见。心儿已夺走了头脑的口才。爱写下透明的字句，所以，在空白的书页上，我的灵魂就能阅读和回忆。”

反正他身边所有的事物，都会被他信手拈来成为诗作的内容，这一首我也很喜欢：“有一个我们想要的吻让我们渴望一生，那是灵魂对身体的轻触。海水恳求珍珠，张开它的蚌壳。百合花，多么热切地想要一个疯狂的爱人！在夜里，我打开窗，邀请月亮光临，并将它的脸与我的脸相贴。把我吸进你的呼吸。关闭语言之门，打开爱的窗户。月光不会由门而入，而只会跳进窗口。”多美啊，让你一个人深夜静静地待在家中时，都可以去感受诗中描述的那种意境，实在太疗愈了。

相较于其他灵性诗人，鲁米最让我感动的是他能够体会我们凡人情绪上的困扰，继而给我们一些指引。像他最受欢迎的一首诗《客栈》（我的微信公众号〔tefenchangpublic〕发过中英文对照版），就是描述每天我们的内在和外在都会迎来一些不受欢迎的客人，而我们就要像客栈一样，欢喜地接待这些人，没有分别心，不带批判，允许他们肆虐，他们会帮我们清空内在，继而容纳新的快乐进来。这首诗特别励志，我很喜欢读。

另外，他还深深地了解每个人有的时候早上起来，都会莫名其妙地陷入一种比较抑郁的感受，所以他安慰我们："今天，就像任何一天，我们醒来，空虚而又害怕。不要打开书房的门开始读书。拿起你的乐器。让我们所爱的美，成为我们所做的事。有千百种方法，跪下并亲吻大地。"其实，我自己常常在早上醒来时，感觉很需要一个母亲一样的人物，来和我这个小婴儿说说话："宝宝你醒啦？今天想吃什么啊？想去哪里玩啊？"哈哈，这不是我一个人的幻想和向往吧？可惜我们都不是小婴儿了，也没有一个这样温柔耐心的母亲可以每天这样迎接我们，所以，试着成为成人，自己找乐子很重要！鲁米的意思是，不要动用头脑去分析（不要看书），而是拿起你的乐器——这个乐器可能是你的音乐、你的画笔、你的笔墨砚台、你的植物、你的小狗、你的家人，任何可以让你心中有爱、有美的东西，都可以成为你的乐器——去表达、探索这个世界。毕竟，有千百种方式，可以让我们和地球母亲联结，这是最扎实的快乐和喜悦。

最后，我想以鲁米最经典的一首诗作为结尾："在对和错的观念之外还有一个所在。我会在那里与你相遇。当灵魂在那里的草地上躺下，世界就满得没法谈论。观念、语言，甚至'彼此'这个词，都没有任何意义。"我觉得鲁米说的这个所在就是一个非二元的世界，超越了所有的好坏对错、是非曲直，最终每一个人都能够回到那里，如果能在活着的时候到达那片草原，那就表示你开悟啦。那里不需要语言，因为所有的想法、言语、彼此这些东西，都是属于二元世界的。同样，喜悦、悲伤、幸福、愁苦这些东西，在那里也找不到。那就是我最喜欢的美国现代作家杰德·麦肯纳所说的真相——“恒久非二元觉知”（参考《灵性开悟不是你想的那样》这本书）。

是的，亲爱的，总有一天，我们都会在那里相遇。在那天来到之前，让我们好好享受二元世界的美丑、善恶、对错、好坏吧，谁知道无常和明天哪一个会提前到来呢?

导读

科尔曼·巴克斯

1. 鲁米的生平和时代

13世纪的中东处于一个政治急剧动荡、硝烟弥漫的时代：基督教的十字军东征仍在继续，十字军从西欧出发，穿越安纳托利亚半岛；势不可当的蒙古大军的铁骑从亚洲大草原朝欧洲长驱直入。

这也是一个灿烂的灵性觉醒的时代，世界上最伟大的三位讴歌神之临在的诗人就生活在这个时代，他们在世的时间有相互交叠的部分：一位是阿西西的圣方济（约1182—1226），他生活在世纪之初；另一位是迈斯特·埃克哈特（约1260—1328），他生活在世纪之末；第三位则是贾拉鲁丁·鲁米（1207—1273），他生活在这个世纪的中叶。他们都是伟大而臣服的灵魂，也是神奇的诗歌大师。

鲁米出生在名叫巴尔赫的小镇，位于现在的阿富汗，那时属于波斯，靠近其东部边界。他于1207年9月30日出生。他的家族世代都是伊斯兰法学家、神学家和神秘家。他的父亲巴哈尔丁·瓦拉德写过一本心灵日记，题为“从自我到灵魂的爱的笔记”，鲁米对这本笔记极为珍视。

在鲁米年幼时，就在成吉思汗的军队入侵之前，他随全家逃离巴尔赫。蒙古帝国的版图向西扩展到波斯，并最终长驱直入，直到亚得里亚海。鲁米和他的家人旅行到大马士革，并一路来到尼沙布尔，在那里，他们遇到了诗人法里德丁·阿塔尔。阿塔尔看出少年的鲁米是一个伟大的灵魂。据说，当阿塔尔看到鲁米跟随他父亲巴哈尔丁向他走来时，他说：“走过来一个大海，后面跟着一个海洋。”为了纪念这次相逢，阿塔尔把他的真主之书（指《古兰经》）送给了鲁米。

鲁米一家最终在土耳其中南部的科尼亚定居。他父亲继续领导当时的苦行僧教团。数年之后，在鲁米才二十多岁时，他父亲去世了。鲁米继承了他父亲的职位，指导教团的神学、诗歌和音乐的学习，以及其他与灵修有关的事务，也包括烹饪和饲养动物。作为一个虔诚的学者，鲁米赢得了广泛的声誉。他的教团有一万多个学生。

教团的工作就是打开心灵，探索合一的奥秘，如饥似渴地探求真理，并试图道出真理，为生而为人的荣耀和艰辛欢庆。为此，他们采用静默、唱歌、念诗、冥想、讲故事、讲道和说笑话等形式。他们既禁食，也欢宴。他们一起散步，观察动物。动物行为是他们学习的经文。他们烹饪，并在花园里干活。他们也种植果树和葡萄园。

他们提出了很多人类的根本问题：欲望的目的是什么？梦是什么？一首歌又是什么？我们如何知道另一个人的静默有多深？心灵是什么？成为一个完人是什么意思？宇宙的起源是什么，个人的觉知如何与这个源头相连？他们用许多方式提出浮士德式的问题：是什么支撑着世界，让它不致垮塌？我们如何在自律和臣服之间达成平衡？这些持续的灵性层面的问答渗透进诗歌、音乐、运动以及教团的各种活动之中。他们知道，答案不一定经由推理而来，而会经由音乐、意象、梦境以及日常生活中发生的事而来。

也有其他与现实生活相关的探讨：我应该如何谋生？我如何能让我的亲戚离开我的家？你能帮我延缓还债期限吗？苦行僧也有世俗的职业：石

匠、织布工、书籍装订者、杂货店店员、制帽匠、裁缝、木匠。他们是手工艺者，而非放弃世间生活之人，他们积极而又肯定，也流露出喜悦和狂喜。有人称他们为苏非或神秘家。而依我看，他们是在追随他们的心灵。

大约就在这个时期，科尼亚东北部偏僻山区的一个名叫布尔汗丁·马哈奇的冥想者回到了教团，他并不知道他的老师——鲁米的父亲，已经去世。当他回来之后，布尔汗丁决定要用他的余生来教导和训练他老师的儿子。在9年的时间里，他带领鲁米进行了多次、有时是连续40日的禁食。鲁米熟练地掌握了这种神秘传统。他教导学生们敞开心灵，并写诗来鼓励他们这样做。“神秘”一词在这里并不是指一个秘密的世系或任何秘传教义。这个词就像“灵性”一词一样。我尽量避免使用这个词，但我做不到。“神秘”或“灵性”常常无法用经验来验证，或者说，照相机无法把它拍下来，秤不能称出它的重量，甚至语言也很难描述它。它并不完全是身体的、情感的或思维的，尽管它常常包含这三个方面。就像我们内心深处的爱一样，神秘既无法被证明，也无法被否认。它确实会发生，而这正是鲁米诗歌所栖居的人类存在的领域。

鲁米的第一个妻子去世后，他又结过一次婚，他有四个孩子。我们确实对鲁米那时的日常生活有些了解，因为他的大儿子苏丹·维莱德保存了鲁米的147封私人信件。我们可以从中了解到，他非常紧密地参与教团的生活。在一封信中，他恳请一个人延期15天向另一个欠他钱的人收债。他请一个有钱的贵族借给一个学生一小笔钱。一个亲戚搬到一个虔诚的老妇人拥挤的家里，他询问有什么解决的办法。在信中也会突然冒出几句诗。鲁米做着很实际的世间工作，同时也是一个狂喜的诗人。

在1244年10月底，鲁米遇到了大不里士的夏姆士，这成了鲁米人生的中心事件，它激发鲁米成为也许是这个世界上最伟大的神秘主义诗人。夏姆士是一个充满神性的人。他穿着一件黑斗篷。苏非故事中提到，他周游各地，寻找一个能承受他深刻而强烈临在的朋友。夏姆士是一个石匠，他可以在灵魂恍惚狂喜的状态和日常的体力劳动之间自由转换。每当学生们围绕在他身边——他们总是这样，他就会披上他的黑斗篷，然后告退离开。

夏姆士心中一直有一个疑问："难道我没有朋友吗？"

最后，一个声音传来："你愿意用什么来交换？"

"我的头。"

"你的朋友是科尼亚的贾拉鲁丁。"

有关他们第一次见面的情形有好几种说法。一种说法是，鲁米在科尼亚一个小广场的喷泉边教导学生，他在朗读他父亲的笔记。夏姆士穿过人群，把那本书和别的书都扔进了水池。

"你是谁？你想干什么？"鲁米问道。

"你现在必须活出你所阅读的智慧！"

鲁米把目光转向水中的书。

"我们可以把书捞上来，"夏姆士说，"它们会和原来一样干。"

夏姆士从水中拾起一本书给鲁米看。那本书是干的。

“扔了它们。”鲁米说。

当鲁米摈弃了书本，他开始了一种深刻的灵性生活和诗歌创作。“我原以为属于真主的品质，如今，我在一个人的身上看到了。”他作为神学家的时期也结束了。他和夏姆士一起静修数月之久。他们的密谈和神秘友谊从此展开。

但是，教团中的一些人非常嫉妒夏姆士。他们不信任他，并怨恨他让鲁米放弃了教学。他们逼迫夏姆士去大马士革，但鲁米又把他叫了回来。最后，似乎是鲁米的一些学生，很可能包括他的一个叫阿拉丁的儿子在内，杀死了夏姆士，并隐藏了他的尸体。鲁米悲痛欲绝，开始绕着他花园中的一根柱子吟诗，这些诗句后来被视为有关寻找神圣伴侣的最真实的记录。当然，他的转圈也成了毛拉维教团[①]动态冥想的起源。这同时也是自律和臣服的象征。这是与星空、原子以及作为宇宙源头和本质的旋转形式相呼应的舞蹈。但也要牢记，鲁米的狂喜始于悲痛。

他说出他的诗句。笔录者把它们记下来，鲁米再在记录稿上修改，但他的大部分诗作可以说是自然的即兴创作。他的《夏姆士集》可以被视为他们神圣友谊的内在对话。有一段时间，鲁米四处寻找夏姆士，直到有一天在大马士革，他突然意识到，自己无须再寻找了。他感觉到，并且知道，夏姆士就存在于这份友谊中，并且他（鲁米）自己就是这份友谊。他的诗歌就来自那里。

这部由颂诗组成的诗集，由一系列的两行联句组成，有时只有短短的

---

① 一个13世纪时建立在安纳托利亚中部科尼亚的伊斯兰苏非主义教团，奠基人是鲁米。其最大的特点是祈祷时不断地转圈，目的是接近上帝。——编者注

8行，有时候则要长得多。这种形式是一种从一个意象到另一个意象的、从一个思绪到另一个思绪的、非理性的、直觉式的跳跃。这种灵活的诗歌形式成了鲁米热切渴望的合适载体。鲁米和夏姆士在心灵中相遇，他们的神圣友谊在诗歌中扩展，超越了性别和年龄，超越了浪漫爱情，超越了任何的师生概念。这些诗歌包括《阳光》和《任何人说的话》。他们的友谊就是他们所居住的宇宙。不是经由爱相连，他们就是爱本身的活跃氛围。鲁米的诗歌呼吸着这样的气息。它们清新而感人，在700多年之后的今天，依然让我们有耳目一新的感觉。

鲁米在他生命的最后12年中写下了一首超级长诗，这首诗的名字就叫《玛斯纳维》，共有27000行，分为6卷。这在世界文学史上是绝无仅有的。它就像海洋一样波涛汹涌，涉及许多的主题。它是自我的诠释，又充满了远见卓识，有时会对灵魂的健康和《古兰经》中的段落加以幽默的评论，书中充满了民间传说、笑话以及对当时在世人物的评价。鲁米把这部诗歌巨著献给了他的抄写员胡萨姆·切利比。他们一起在科尼亚漫步时，在穿过梅拉姆的葡萄园时，在授课时，在街上或在澡堂时，鲁米都会向胡萨姆口述诗句。胡萨姆曾是夏姆士的学生，所以，这首长诗也可以看成是鲁米与这位挚友的对话的延续。这部诗集奇特的多样性的统一，也体现了鲁米领导他教团的方式：有时，他会参与教团的整体成长；有时，他则会强调个人的需要。《玛斯纳维》的读者可以从这部诗集的任何地方读起，并在其中畅游。它是一股诗歌之流，它的副歌是狂喜的欢呼："这没有终点！"

或者“这无法言说，我已沉溺其中！”

鲁米在1273年12月17日黄昏时分去世。每个月都会有上千人凭吊他在科尼亚的陵墓。据说，各大宗教都派代表参加了他的葬礼。他们把鲁米和他的诗歌视为帮助他们加深自己信念的一种方法。他也常常被称为“莫拉维”或“毛拉纳”，意思是“大师”或“主人”。每年的12月17日，全世界都会纪念这个他与神性合一之夜。这也被称为他的婚礼之夜。鲁米感觉这种合一就像呼吸一样自然。他知道这就是每一个想要赞颂的冲动的核心，并且，他认识到，这就是他称作“心上人”或“挚友”的临在。他并不属于某个有组织的宗教或文化体系，他宣称，他属于这弥漫整个宇宙的神圣临在，并让它充满活力。

我属于心上人，我已看见两个，
世界合而为一，我呼唤它，并知道
它是最初、最终、外在、内在，
只有那呼吸，将人类呼吸。

2. 对诗歌和意识的一些声明

法纳和巴卡：流过鲁米诗歌门槛的两道溪流

没有人能说清，内在生命到底是什么，但诗歌就是一种这样的尝试，也没有人能说清诗歌是什么，但让我们大胆宣称：意识之中有两道溪流，尤其是在狂喜的生命和鲁米的诗歌中，它们被称为“法纳（fana）”和“巴卡（baqa）”，这两个阿拉伯语单词指的是人与神性的嬉戏和互动。

鲁米的诗歌就发生于这个开口，托钵僧的门口，这些能量从两个方向在此经过。一道流出，一道流入，法纳是从人类流向奥秘的那道溪流——寂灭、高潮的扩展、消融的狂喜进入一切之中。飞虫变成乳酪，鹰嘴豆消失于汤的香味之中，一头死骡变成盐场，婴儿把头转向乳房。这些狂野和无边的吸收就是鲁米最著名的意象和诗歌类型，酒肆中一个醉酒的声音宣称："谁把我带到这里，谁就必须带我回家。"

"在那烛光中，是什么将我开启，并让我消耗得如此之快！"这是飞蛾在法纳之后、在变成火焰之后所提出的问题。国王的猎鹰在天空盘旋。在法纳的壮丽消解中有一种奢侈。在一颗麦粒中有一千个麦垛。这种说法的字面意思也是对的：几年过后，一粒小麦种子可以变成上千个麦垛。但这是对认同于这种状态的丰盛自然的赞美。三千亿个星系对有些人来说有点华而不实，但对这种觉知并非如此。在法纳中，一切绝不可能被足够奢侈地言说。

法纳将我们的翅膀张开，让无聊和伤害消失。我们在其中变得粉碎，全然自由地舞蹈。我们是梦者，流进夜晚的爱的乌有之乡。我们是贪婪吞食的虫子，经由恩典，我们成为整个果园，树干、树叶、果实以及生长的全部。法纳是在我们骚动和疯狂的夜祷变成静默之前的消解。鲁米经常把臣服与落入自由的睡眠的喜悦相提并论。这就是人成为真主，就是哈拉智·曼苏尔[①]所说的"我就是真理"。我们张开双臂。这就是露珠落入其中的无边海洋。

---

① 阿尔-哈拉智·曼苏尔（Al-Hallaj Mansur），于公元922年在巴格达殉道。他宣称："我就是真理，我就是真主。"——编者注

我的朋友诗人丹尼尔·阿卜杜勒-哈伊·摩尔指责我没有明白无误地说清：法纳就是在真主之中寂灭。我避免用与神相关的词汇，但无法完全避免，我会尽我所能，因为它们似乎会带走经验的新鲜感，并把它纳入一个特定的系统之中。鲁米的诗歌属于每一个人，而他的激情针对的是经验，而非任何关于经验的语言或教条：我们的生活是经文，但不是任何一本书，无论它是《古兰经》《福音》《奥义书》，还是佛经。

但是，在法纳中，有一种我可能无法描述的强烈的孤寂。阿卜杜勒-哈伊说得对。在法纳中体验到的非在是全然的。在任何事物周围都没有软焦点。这就是夏姆士锋芒毕露的沙漠之剑。在这些方面，我还有很多要学。

巴卡则从另一方向经过门槛。它在阿拉伯语中的意思是“内在生活”：它是从卡夫山[①]归来，预见就来自那里；怀着清明和理性生活；再次转向永在的一切。将星空缩进一个针眼。一种精炼、陪伴，两个人沿着某条特定的乡间小路漫步。一天的吸收工作。一幅精致的绘画。手臂交抱在胸前，并向彼此鞠躬。礼貌和工艺。真主成为人。与这一流动相关的品质是诚实、节制、专心、鲁米有时称作“理性”的清明、同情以及团队工作。巴卡也是从扩张回归到每一个人独特的个性化的工作、痛苦和努力、混乱和黑色喜剧：一根紧绷的绳子的末端，对非在的深刻了解。

巴卡是动物和天使在一个尴尬却真实的人类之舞中相遇的地方。这是

① 伊朗神话传说中围绕世界的大山。——译者注

一种惊人的诞生，垂死者重生，所有宗教都知道这就是灵魂成长的本质。它可以在诗歌中听到，它是贾拉鲁丁和奥秘之间的一场对话。

巴卡可能会说：

挚友，我们的亲密就像：

无论你的脚踩在哪里，

你都能在你脚下

感觉到我的坚实。

而法纳在同一首诗中问道：

怀着这样的爱，

我怎会只看到你的世界，

而看不到你？

巴卡能在鲁米的春日早晨的诗中感受到，绿意盎然，栩栩如生，就像是在河边野餐。

朋友们，请待在一起。

不要四散而去，沉沉入睡。

我们的友谊是由

清醒组成。

水车接受水流，

旋转，然后哭着

让它离开。

它就这样待在花园里，
而另一个圆
转过干涸的河床，寻找
它以为它想要的东西。

留在这里，随每一个瞬间而颤动，
就像一滴水银。

你会感到限制之中的巨大张力。鸭子在河中戏水。善良和不留名的助人之举。巴卡带来了祈祷的下一个阶段：有一个进入寂灭的开口，然后再回来照顾特定的人。这是海洋前来向水滴求爱！双膝跪地，话已说出口，既令人懊恼，又心满意足。

经由让法纳和巴卡同时流经和存在于他的诗歌中，鲁米是在说：它们是同一回事，这就是一个完人的核心，而他就是一个完人，这些诗歌则经由他的口说出。他的心灵模式如此充满生机，在其中，世俗和神性始终混杂在一起，神话和平凡、梦想和市井生活交相辉映。

个人性的问题

就西方传统对诗歌的期待而言，鲁米的诗歌并非个人性的。我们并不能从他的诗歌中了解他是一个什么样的人。他的诗歌与其说是主观的，不如说是客观的，或者说，是形象化的。它们引导和转化能量。它们做的是形象化的工作：它们让我们与我们的灵魂更深地相连。当我们看到基督或狄俄尼索斯的形象时，我们就会感到其中的悲伤和同情的核心。当我们看到梵蒂冈阿波罗的古老身躯时，我们就吸收了一些它的优雅平衡和力量，而我们确实改变了我们的生活。卡利神的形象传送与过去一刀两断的力量，那是一把愤怒的利刃。如果有一天走进堪萨斯城纳尔逊－阿特金斯艺术博物馆的观音殿，你就会吸收她高度的幽默和全然的接纳。

无论是何种情形，法纳还是巴卡，都不涉及一个人格的虚假自我。相反，它们是人神相遇的本质流动。鲁米的诗歌就是要让我们超越个人性而进入就在此时此地的奥秘，它是梦境和渴望的源泉，进而进入一种临在，它会问："我是谁？"罗摩纳大仙[①]和鲁米都会同意：做人的喜悦在于揭开我们所是的核心，这就是埋在废墟下的宝藏。

我听说，毛拉维教团的入门仪式由各种身体动作组成：赞念[②]、禁食、禁欲，以及长时间的静修，直到最后进入一种称为"乎鲁尔（hulul）"的出神状态。鲁米的诗歌让人品尝到这种状态。他的所有诗歌都是在延续他与夏姆士·大不里士在一起所经验到的转化工作，一定是如此，因为它们就源自这份友谊。

我从来没有经历过毛拉维教团的入门仪式，而且我并没有生活在法纳

① 印度教哲学家、瑜伽师。——编者注

② 即忆起，说出或默念"La'illaha il'Allahu（一切非真，唯有真主）"。

和巴卡的状态中，而鲁米正是在这种状态中发言。毫无疑问，我过于简化或歪曲了它们。如果我敢声称，自己有过这些状态的经验，它们则是来自我回忆我的上师巴瓦·穆哈亚狄恩，他告诉我要做这项鲁米的工作。他活在两个世界中。

我觉得，鲁米自然流淌的诗意的力量源自他持续的臣服与自律的平衡，他的想象力的光芒收敛于平静的普通视野之中。绚烂和务实、冥想和琐事，在这种混杂中充满了活力和有效性，这是莫拉维的一个诀窍。

宇宙和星光穿过我。（法纳）

我是新月，挂在节日的门上。（巴卡）

“新月”无疑是钉在游乐场入口处的胶合板标牌，而巴卡往往包含一个有关富丽堂皇的小小玩笑。

一、绿披肩：素莱曼[①]的远寺

在20世纪90年代初，那是12月的一天，我在科尼亚绿圆顶的鲁米陵墓打坐冥想。有人走过来，给了我一条绿色披肩。我至今依然非常珍惜它，并会在冥想时披着它。我喜欢那种被覆盖和专注的感觉。

进入内在，感受清明的满足和无尽的发现：绿披肩让我想起小时候做帐篷的快乐。雨天的时候，你展开一张床单，盖在一张牌桌和一把椅子上，用安全别针别住，然后爬到帐篷中，在那里，想象会开花。我们怎会如此之久地遗忘这种纯真的快乐，这本身就是一个谜。

鲁米讲述了素莱曼的晨修，他在每个黎明都会建造一个由意愿、同情和密谈构成的地方。他称之为“远寺”。素莱曼去那里聆听植物，每天早晨

① 伊斯兰教中的素莱曼，相当于《圣经》中的所罗门。——译者注

都会有新的植物长出来。它们会告诉他：它们的药用价值、它们对健康的益处，以及是否有毒。

我建议，我们都要有一条绿披肩。“记住，通往圣地入口的大门，就在你的内在。”（《入口的大门》）麦尔彦[①]的躲藏处和敞开的宝库（《对玫瑰说的话》）则是这种聆听的其他意象，在那里，对话一直在进行，爱变得更加深入。

在冥想的穹顶之下，鲁米经常听到这样的密谈，像鸟儿歌声一样的谈话从黎明就开始。建造一座远寺，在其中，你可以阅读你的灵魂之书，并聆听在夜间生长的梦境。阿塔尔[②]说：

让爱引领你的灵魂。
把它变成一个安歇的所在、
一个洞穴、一个生命核心的
退隐之处。

① 伊斯兰教中的麦尔彦，相当于《圣经》中的圣母马利亚。——译者注

② 波斯伊斯兰教苏非派著名诗人。——编者注

入口的大门

恋人和心上人的爱抚，
多么熟悉而谦恭，但在其中
有一种莫名的冲动，它要
创造一种会消融所有

其他形状的形式。记住，
通往圣地入口的大门，
就在你的内在。看一粒微尘
在阳光中舞蹈，我们想要

像它一样活跃，但没有人知道，这些微尘
听到了什么样的音乐。我们每一个人
都有一个隐秘的音乐家，在我们起舞时
他会为我们伴奏。这音乐，有着

独特的节奏，在街头，只有我们
听到和了解。夏姆士是诸王之王，
就像马赫穆德，但没有另一个像我一样
将珍珠碾碎的苦行僧阿亚兹[①]。

---

① 阿亚兹是马赫穆德国王的一位大臣，他听从国王的旨意，把一颗价值连城的宝珠碾碎。

对玫瑰说的话

对玫瑰说的话，让玫瑰绽放，
这话也对我的心儿说过。
对柏树说的话，让柏树挺拔，
对茉莉的低语，让它长成茉莉，

让甘蔗变得甜蜜。
对突厥斯坦炽俟镇的居民说的话，
让他们如此俊美，
让石榴羞红了脸的话语，正在对我

诉说。我满脸通红。
让我有雄辩口才的话语，
此刻正在说出。
宝库之门敞开，我满怀感激，

咀嚼一片甘蔗，
我爱上了拥有一切的那位！

麦尔彦的躲藏处

在你所爱的这些财产溜走之前，说
麦尔彦说过的话，“我会躲在真主之中”，
当她被吉卜利勒[①]吓了一跳。在房间里，

① 伊斯兰教中的吉卜利勒相当于基督教中的天使加百列。——译者注

当她赤身裸体，她看到一个美丽的

形体，能给她新的生命。就像
太阳升起，或一朵玫瑰绽放。
她跳出了自己，跳进了神圣的
临在，对此她已习以为常。

在她的呼吸中，有一团火。光明
和威严来临。我是来自那火焰的
烟雾，也是它存在的证明，
而非任何外在的形式。

我想成为你赤足
走过的地方。
因为，也许在你迈步之前，
你会看着地上。我想要
这样的赐福。

你想要让挚友向你透露
他的真理吗？
那就扔掉外壳，
深入核心。
一层又一层，心上人

沉浸在他自己的存在中。世界
因这沉浸而湿透。

想象，感觉就像是身处
黑暗的小巷，或用血
清洗你的眼睛。
你就是真理，
从脚到眉头。现在，
你还想知道什么？

男子气概的外表与核心

男子气概有一个清晰的核心，
没有愤怒、贪婪
或淫荡之举，而徒有男子气概的外表，
就会如此。聆听内在的阳刚之心

会乐于遵从这一真理。当你放弃
其他的动机，并且只听从
威严的命令，那自性的喜悦，
你生命中真正自发的能量

就会来临。要记住，阿亚兹
碾碎了国王的宝珠！

二、入门：改变所必需的痛苦

鲁米所说的这种入门，并不是指教团中一个年轻人从青年到成年所要做出的转变，也不是指一个成年人可能会经过的一条通向长老或萨满[1]的通道，尽管这样的转变也会包含在其中。

“现在是我进入合一的时候了！”当年轻人听到清真寺中传来死亡的哭声，他大叫道。他想要即刻转变，他愿意为此而不惜一切。（《玫瑰的惊喜》）

入门的那一刻真的会发生，它会在你人生中的任何时刻来临。鲁米说，这比你决定如何谋生还要重要。这是你在不可见的世界的工作，这是你与真主的连接！鲁米建议，在不可见的世界工作，至少要和你

① 氏族或部落的精神领袖。——编者注

在可见的世界中一样努力。

这样的改变无论多么神秘，它都可以经由一位活着的大师达成，经由谦卑的人类经验的通道达成，或经由一个不可见的临在、一种只有你才知道的陪伴。有无数种通过这个转变的开口的方式。

从鲁米所说的第一个灵魂到你的第二个灵魂，会有一个轻推，然后再一次轻推，如此一直延续下去，必要的死去，大地开裂，以让野花破土而出。(《每个人的心中都一定有一个秋天》)

这也许听起来像是诗意的谈话，确实如此。但它确实会发生。其中似乎涉及与友谊相似的东西。在经过通道时你会找到帮助。广阔的心灵中存在着各个层次，它们彼此滋养，例如，黎明的到来会滋养一种友谊，让头脑的星光像蜡烛一样熄灭。

在不可见的世界工作

先知们曾经自问："我们还要不断击打
这冰冷的铁块
多久？我们必须向一个空牢笼
耳语多久？"生命的

一举一动都来自造物主。第一个灵魂
轻推一下，你的第二个
灵魂就会回应，现在就开始，不要胆怯。
把船装满，起航。没有人清楚

船是会沉没，还是会抵达港口。
谨慎之人会说：
"我什么也不会做，直到我确定无疑。"商人更明白：
如果你什么也不做，你就会赔钱。

不要像那些商人，他们不会冒险出海！
这要比赔钱或赚钱
更重要。这是你与真主的连接！
你必须生火，才会

有光明。信任，意味着你准备去冒险，甘愿失去
你现在的所有。想一想
你对生活的恐惧和希望。它们让你每天
努力工作。现在

再想一想，先知们做了什么。易卜拉欣[①]戴着
火的脚镯。穆萨[②]对大海
说话。达伍德[③]铸铁。素莱曼御风。在不可见的世界
工作，至少要和

你在可见的世界中一样努力。要与
先知为伴，即使
这里无人知道，你与他们为伍，甚至库特布的助手
阿布达尔[④]也不知道。

你无法想象，这会有怎样的益处！当这样的一个
慷慨之人邀请你
进入他的火焰，快去！不要说："但我会不会
被烫着？会不会很痛？"

每个人的心中都一定有一个秋天

你和我说了所有这些话，但对于我们

---

① 鲁米经常提及易卜拉欣（卒于公元783年），他是巴尔赫的王子。对于苏非，他所代表的是在顿悟的一刻为内在威严而放弃外在王国的人。他的经历和释迦牟尼有着惊人的相似之处。据说，易卜拉欣骑马追逐一头鹿，鹿突然转身对他说："你被创造出来并不是为了这样的追逐。"易卜拉欣在他的灵魂深处听到这句话，大叫一声，翻身下马，从此改变了他的生活。正如鲁米在《教理》第44篇中谈到易卜拉欣的转变时所说的："真主就住在一个人与他想要得到的对象之间。这就是所有通往挚友的神秘旅程。"

② 伊斯兰教中的穆萨，相当于《圣经》中的摩西，是《旧约》中所记载的公元前13世纪犹太人的民族领袖。他在犹太教、基督教、伊斯兰教和巴哈伊信仰等宗教里都被认为是极为重要的先知。——译者注

③《古兰经》中的人物，相当于《圣经》中的大卫王。——译者注

④ 库特布（Qutb）意思是轴或中心。库特布是一种灵性的存在或功能，能居于一个人或数个人体内。这是神性如何在物质世界得以体现的奥秘。阿布达尔（Abdal）则是库特布的助手。

所要走的路，言辞
并非准备。没有什么要准备的，除了
恩典。我的缺点

一直藏得很深。有人也许会称之为准备！
我的灵魂
有一小滴认知。让它消散于你的海洋。
对于它，有如此多的威胁。

在我们每个人的心中，都有一个持续的秋天。
我们的叶子飘落，吹到
水面上。一只乌鸦站在黑树枝上，谈论
逝去的一切。然后，

你的慷慨又回来：春天、潮湿、智慧、
风信子、玫瑰和柏树
的芬芳。尤素福[①]回来了！如果你在心中
感觉不到尤素福的清新，

那就成为叶尔孤白[②]！哭泣，然后微笑。不要假装知道
你还没经历过的事。
有一种必要的死去，然后尔撒[③]再次呼吸。
嶙峋的岩石上，寸草不生。

---

①《古兰经》中的先知之一，由于尤素福的父亲比较喜欢他，他的兄长们出于嫉妒，把他骗到野外，推入井中。兄长们回来告诉父亲说他被狼吃掉了。——译者注

② 伊斯兰教中的叶尔孤白，相当于《圣经》中的雅各。——译者注

③ 相当于《圣经》中的耶稣，在伊斯兰教中，他被认为是真主的使者，被派遣为犹太人的先知。——译者注

要成为大地。变得粉碎，这样，野花就会在你
所在之处破土而出。漫长的
岁月里，你一直是无情的岩石。尝试
做些不同的事。臣服。

痛苦

痛苦源于看到，你一直是多么傲慢，并且，
痛苦会让你走出
这种自负。孩子不会出生，直到母亲
感到阵痛。你怀上了真正的

信任。先知和圣人之言是帮助你的
助产士，但首先，你必须
感到痛苦。没有痛苦，就用错了第一人称。
“我”是这个。“我”是那个。

“我”是真主，就像哈拉智，他等待，直到
这样说出是正确的。在错误的
时间，“我”会带来诅咒。在正确的时间，
“我”会带来祝福。当夜还很深，

如果公鸡过早打鸣，它一定会被砍掉脑袋。这样的
砍头是什么？就像一个人
为了救蝎子的命，拔掉它的毒刺，或取走蛇的毒液，
以防它被石头砸死，

放下头脑，这来自你净化你与老师的连接。
忠于一个
真正的谢赫[①]。力量就会来临。你的力量
是他把你拉近他。

每时每刻，灵魂的灵魂的灵魂，都希望
从中呼吸。不管你已经
离开多久。那临在中没有分离。
你是否想要

进一步理解这友谊？那就阅读
叫作黎明的章节。

玫瑰的惊喜

午夜的清真寺旁，传来长久的哭泣，死亡的
哭声。年轻人坐在那里
聆听，心想："这哭声并不让我害怕。
为什么要怕呢？

这是庆祝的鼓声！这意味着我们
应该开始烹饪
喜悦的浓汤！"在他的死亡恐惧之上，他聆听
合一之声。"现在是

① 谢赫是苏非派中指导灵魂成长的导师。

我进入合一的时候了！”他跳起来，向真主
叫道：“如果您能化身为人，
现在就进入我的体内！”死亡的呼喊将他撕裂。
奥秘四处倾泻，

金币、金条、黄金之液、黄金的布匹。
它们堆成金山，挡住了
清真寺的大门。年轻人忙了一整夜，
把一袋袋黄金运走，

埋入地下，再往返运送。胆小的教众
沉睡了一整夜。
如果你以为，我是在说真实的黄金，那你就像
把瓷片当钱币的孩童，

每当看见碎瓷片，他们就会想到
金钱，就像
当你听到黄金这个词，你就想要得到金子。
这是另一种黄金，

当你在恋爱时，它就在你心中发光。被施了魔法的
清真寺也在那里，
哭号是祭坛上的烛火。年轻人变成了
一只飞蛾，把自己当成

赌注，他赢了。一个完人[1]并不是人！这支蜡烛

---

① 完人（a true human being），指开悟者或得道者。——译者注

并不燃烧。它照耀。
有些蜡烛燃烧自己，彼此点燃。还有些蜡烛
闻起来就像

房间里的玫瑰花香，让人惊喜，而你只是
误闯进来的陌生人。

选择痛苦

昨天，在集会上，我看到我的灵魂
在一个斟酒者的酒罐中。
“别忘了你的工作。”我说。
他走到我面前，容光焕发，

将酒盏中的酒一饮而尽，当他
把酒盏递给我，他化为一只
通红的烤炉，我被置于其中，一座
红宝石的矿藏，一个绿意盎然的花园。

每一个人都会选择一种痛苦，
让自己变成一条烤熟的面包。
阿布·莱海卜咬了咬自己的手指，他
选择了怀疑。阿布·胡拉亚，他爱猫！

一个人从糊涂的头脑中
寻找证据。还有人有

一只皮袋，装满了他所需的一切。
如果我们现在可以闭嘴，

大师就会告诉我们
他们的一些见闻。

爬向刑场

悲伤在喉咙和肺部
堆积：成百上千的
悲伤，残酷之云，不知何故，
它们都来自爱。哭号，

渴望你自己的血液。爬向
刑场。现在正是时候。
尼罗河流淌着红水，尼罗河流淌着
清水。干枯的荆棘和沉香木

并没有不同，直到在火中燃烧。
战士和懦夫站在一起，并没有
不同，直到箭如雨下。
勇士热爱战斗。一头灵敏

机智的狮子，会让猎物跑向
它，并说“再杀死我一次”。
死亡之眼直视生命之眼。不要

试图想明白这一点。爱的工作

看似荒谬，但努力寻找意义
会把它藏得更深。静默。

看一个一岁大的婴儿

当你感到自傲，愤怒就会
升起。要谦卑。要利用
他人的蔑视和你对自己
的看法来改变，就像

传说中的云，变成三条蛇的
形状。或者，如果你喜欢
让狗吠叫的狮子之怒，那就
更多地享受伤害。看一个一岁大的

婴儿，他怎么走路，他的智力
多么迟缓。有时，一点芳香
会让你变得尖酸刻薄。聆听
那个声音说：“是为了

你，我创造了宇宙。然后，
在爱中杀和被杀。你们是
两只狗，瞌睡了太久！”

三、巴卡：在这平凡的白昼

鲁米热爱这个我们在其中生活的顽固、淫荡、卑鄙、容光焕发、傲慢、喧闹的世界。他注视着它，把人类所做的每一件事都放在阳光下，并把每一个行为都当作透镜来审视灵魂的成长。

他诗歌最惊人的品质是，它们能给我们带来一种我们的生活发生于其中的临在感。这最难以捉摸的奥秘渗透进狩猎的每一个细节——弓、放箭，鹿的血、猎人的眼睛，挂毯仔细缝纫的一针一线都成为诗人脚下所感觉到的大地。

鲁米爱抚着这种精细、人类故事的清晰轮廓，甚至在他传达汹涌的海洋般的智慧时也是如此。这就是巴卡。从寂灭回来，带着对细节的清明热情。在巴卡的状态中，一个人会重新全然进入当下，做着细微而安静的工作，缝纫非在之袍。

诗人海登·卡鲁思曾试图自杀，但又活了过来，他由此获得了一种活着真是运气太好了的崭新感觉。“我的快乐不是一种做的状态，而是一种在的状态……这是否就是圣特蕾莎的感觉？我怀疑，在这种令人动容的状态中，我的喜悦的确接近于宗教的狂喜。”他可不会说，他就是在体验巴卡。但我会。

鲁米喜爱动物。确实，人类最古老的乐趣之一，就是观察动物。岩洞里的壁画是对动物力量的庆祝。鲁米的诗歌热爱动物、人类和灵性汇聚在一起，这是完人精心演绎的舞蹈。

当一个人对在梦中获得的智慧加以实际应用时，巴卡的状态就会来临。

拐杖龙

在这音乐中，我想在这里舞蹈，
而非在灵性中，其中没有时间。
我就像阴影围绕太阳。我的
头变成了我的脚。为存在——

法老——所覆盖；寂灭之后，我
是穆萨。在真主指间的一支笔，
一条拐杖龙，我盲目的头脑
用它思想的拐杖一路敲打。爱

并不思考。它与灵魂和我一起
等待，在角落里哭泣。我们是
这里的异乡人，我们不会在这里
受到赞许。我们必定来自另一个城市。

开启者

宿醉和爱一起到来，但
爱是宿醉的解药！
一声刺耳的号角，军营里的士兵
溃散。雅法塔赫[①]就在这里！

---

① 雅法塔赫（Ya Fattah）和开启者都是真主的别名。

在口中，苦味变得甜蜜。
闪电烧灼厚厚的乌云。
一个挑水者的呼喊
成了沙漠之路上的雷鸣。

我们被告知，要深入内心。
就像夏姆士·大不里士的
暴风雨掠过天空，
大海的浪涛冲刷着海岸。

灵魂放射光芒，太阳也一样

如果一个恋人不是一直在燃烧，
那他就应该坐下来，和老人一起
打响指。一个恋人
不会合群，也无法独处。

他飞快地驰离怀疑和外表。
一眼泉水，一根绿枝，
每天都是新的，第一次，你感觉
被抱在怀中，弯曲得像弹奏悲曲

的鲁特琴。瞪羚和狮子在一起
散步，灵魂放射光芒，太阳也一样。

⚜

你来自这个宇宙之外的一个国度，
但你最多能猜出，你是由
灰和土做成。
你把这个身体的形象刻在每一个地方
作为一个标记，表明
你已忘了，你来自哪里！

⚜

本质即虚空。
其余的一切，都是偶然。
虚空给你的爱带来平安。
其余的一切，都是疾病。
在这个充满谎言的世界，虚空
是你灵魂之所求。

⚜

我们不怕真主的刀锋，
或身披枷锁，
或被砍头。
我们很快就会燃尽，当我们离开，
浅尝一下地狱之火。
你无法想象，
别人说什么，其实

对我们毫无影响。

只和你甜蜜的芬芳一起
来到这条街上。
不要穿着长袍
走进这条河流！
有很多道路，从这里通往那里，
但不要从某个地方到达！
现在，是赤裸而活的时候。

春满大地。但在我们的内在，
有另一种合一。
在这里的每只眼睛背后，
有一片泛光的水面。
在风中，森林里的每一根树枝
摇晃起来都各不相同，但当它们摇动，
它们的树根彼此相连。

我会这样在
我对你的爱中死去：
就像云朵

消融于阳光之中。

⚜

如果你总是飞入
蓝色的完美，你怎会知道
生而为人的难处？
你会在哪里种下你悲伤的种子？
农夫需要大地来耕种，
而非不确定的愿望的天空。

回到存在

海洋可以没有鱼儿。我的灵魂，
让我告诉你一个秘密：像大海一样
与一条鱼儿相遇，是多么稀有！
海水，是哺乳的母亲。鱼儿，

则是啼哭的婴儿。但有时，海洋会来
寻找一条特别的鱼儿，聆听
它想要什么。在它知道之前，
海洋不会行动。那时，这条鱼

是皇帝；而海洋，是大臣。
但不要把这样一条鱼称作鱼！我还要

一直这样说谜语多久？夏姆士[1]
就是让大地花香四溢的大师。

当植物感觉他靠近，它们就会
伸展。如果尝到了夏姆士的滋味，
我就不愿拥有一个灵魂，我会回到
我本来就是的存在。

① 夏姆士是鲁米挚友的名字，在波斯语中也有太阳的意思。——译者注

四、这样的言说：梦境的源头

当然，我并不知道梦中景象的源头是什么，但我始终对做梦的艺术惊讶不已，它的鲜活、与我们成长的意识的有机契合，以及它纯粹的嬉戏。当然，宇宙中所发生的一些最惊人的制作就来自梦中的意象和声音。

鲁米说，无论灵魂夜晚去了哪里，那里就是我们真正的家！（《踪迹》）所以，记住梦境尤其重要。他经常提到尤素福，他解梦的能力将埃及从饥荒中拯救出来。这是尤素福的服务、他的工作、他离开监狱的方式，最终，他恢复了与迦南[①]——进一步的自由——的连接。

鲁米说，恋人用另一种眼光阅读另一本书。梦者和恋人有相似的认知能力和听力。有一种持续的流经形式的言说，就像太阳的出现和消失，有

①《圣经》故事中称其为上帝赐给以色列人祖先的“应许之地”，是巴勒斯坦、叙利亚和黎巴嫩等地的古称。——编者注

时可以感知，有时感觉不到，但它始终都在那里生产生命之汁。

我喜欢这一节中欧麦尔[①]和年老诗人的故事。没有什么大事发生，它几乎都不算是一个故事。有一个年老的诗人、一个潦倒的乐师。他想要什么东西，也许是每一个艺术家都想要的东西——新的琴弦：它能让他的琴艺焕然一新，紧绷的琴弦充满了激荡的能量。他祷告自己能有这样的焕然一新，然后他就枕着竖琴睡着了。这样的睡眠给鲁米一个机会来庆祝和梦境一起到来的释放。他很少会错过这样的机会。

哈里发欧麦尔就在附近午睡。这首诗进入了欧麦尔的梦中，有一个声音告诉他，去实现老诗人的祈祷。欧麦尔给了他足够的钱买新的琴弦，接下来的故事只是诗人对这样的慷慨、降临的恩典的回答。在他的感激中，他突破了个人性的束缚，从希望和想要、遗憾和懊悔进入了法纳的寂灭状态。就像鲁米所描述的，睡眠和臣服的状态几乎可以说是一回事。做梦的情形和法纳相混，为此，没有任何意象或语言。我们只剩下一种海洋般的感觉，一种消失于阳光中、既空又满的感觉，这就是狂喜的核心。

① 欧麦尔（Umar ibn al-Khattab，卒于公元644年），是穆罕默德的岳父，伊斯兰教的第二任哈里发。

向前

斟酒者，你日夜不停地倒酒，
这样，我们就在睡梦中
一直品尝，没有头脑、头巾，
灵魂之心被切成碎片。

手忙脚乱的埃及妇女，
装满风的水袋，爱
就是这样赶上我们，并想
成为我们的朋友，当我们

彼此拥抱，而内在美好的秘密
继续向前滑行。

家乡的街道

睡眠会融化你的头脑，但疯子
如何入眠？为爱而疯狂的人
怎会区分日与夜的差别？
真主的恋人，大多时候

是在另一个世界，用另一只眼睛
阅读另一本书。要尝试变成
一只鸟或一条鱼。在心上人
心中之路上迷路。你不会知道

一个疯狂的智者[①]是怎样的感觉，直到
你成为他们中的一员。夏姆士让这些
新的灯盏漂过宇宙——
我们家乡的街道。

踪迹

你赋予这个星球新的生命，
你超越了逻辑，来吧。我是
一支箭。把我架上你的弓，
然后松开手。因为这份

对你的爱，我的碗已从屋顶
掉落。放下梯子，收集碎片，
求求你！人们问："但哪一个屋顶
是你的屋顶？"我答道："在夜晚，

无论灵魂去了哪里，我的屋顶就在
那个方向！无论春天从哪里来，
到这里治愈大地，无论一个人
内在的寻求从哪里升起。"

记住，看本身就是我们所要
寻找的东西的踪迹，但我们

---

① 疯狂的智者（matzoob）因当下的觉悟而狂喜，他看上去就像发疯一样，但其实他是一个最纯粹的智者。

一直更像是那个骑驴之人，
却问驴子要去哪里！现在，

安静，并且等待。也许，我们
如此渴望进入其中的海洋，
希望：我们沿着各自的路
走向海边的旅程再长一点。

一只船儿滑过虚空

只有与您合一才会带来喜悦。其余的一切
只是拆了东墙，垒起西墙。
但不要与形式绝交！离开了水，
船就动弹不得。我们是被错误引用的经文，

当您说出我们，就得以纠正。我们是
被狼越围越紧的羊群。您像一个
牧羊人前来，并问："你好吗？"我就开始
哭泣。对任何一个活在身体中的人，

这都意味着什么，但对您，这意味着什么呢？
无法谈论您，尽管您聆听每一个声音。
无法用文字将您形容，但您
阅读一切。您不睡觉，但您

是梦中景象的源头。一只船儿滑过

虚空，深深的静默，赞美那一位，
他在西奈告诉穆萨：“你不得见我。”

欧麦尔和老诗人

诗人已经年老。他的声音哽咽而
沙哑，他的琴弦也断了几根。
曾经让灵魂充满活力的诗歌，
现在对任何人都毫无用处。

金星都崇拜的嗓音，如今成了一头老驴
微弱的呻吟。曾经追捕猎物的猎鹰，
现在只能抓住飞虫。所有美好的事物
都会衰败。曾经的屋顶

早已倒塌，成了我们
现在所走的平地。
只有心中听到的内在声音
才不会消失。只有

那琥珀持续而稳定地吸引着
所有的思想和艺术。
所以，这个诗人已变得老弱而贫困，因为人们
不愿再聆听他的歌声。他来到

迈迪奈的墓地，祷告道：“主啊，您总是接受

我的伪币！那就
再一次接受我的祷告，让我有足够的钱
购买新的琴弦。”他用

仅剩的几根琴弦，弹唱出几句诗行：“七十年来，
我一直健忘，但
这股涌向我的流动，没有一刻放缓或停顿过。
我什么都配不上。我就是

神秘家们谈论的宾客。我为我的主人弹奏
这生命的音乐。今天的一切，
全都为了这位主人。”然后，他放下竖琴，枕着它
睡着了。他灵魂的鸟儿

飞离！逃脱了身体和悲伤，翱翔于
广阔而单纯的领域，那里
就是灵魂它自己，在那里，它可以歌唱它的真理。
“我喜欢这种无忧无虑，这

不用嘴的品尝，这没有遗憾的记忆，在无限延伸的
喜悦原野，没有手，我却采摘
玫瑰和紫苏。”于是，这只海鸟
一头扎进海洋，在艾优卜①的

泉水中，艾优卜所有的痛苦都得到治愈，

---

①《古兰经》中的人物，相当于《圣经》中的约伯。——译者注

就像纯粹的日出。如果这部《玛斯纳维》
突然化为天空，它都无法包含诗人在睡梦中
所畅享的一半奥秘。

如果有一条道路能直通那里，就没有人会留在这里！
与此同时，有一个声音对正在附近
午睡的哈里发欧麦尔说道："把七百个金第纳尔
送给睡在墓地的那个人。"

当这个声音来临，每个人都会听出来。
它以同样的权威
用同一种语言，对突厥人、库尔德人、波斯人、
阿拉伯人、埃塞俄比亚人发言！

欧麦尔拿了七百个金第纳尔，跑到墓地，但那里
只有一个睡着的老人。
"这人不可能是真主的宠儿！"欧麦尔在墓地搜寻，就像
狮子追寻它的猎物，却一无所获。

一定是那个衣衫褴褛的流浪汉。"隐藏的心灵是一个谜！"
欧麦尔在他身边坐下，打了
一个喷嚏。流浪汉跳起身来，心想，这位尊贵之人
一定是要控告自己。"不。请坐在这里。

我有一个秘密要告诉你。在这只袋子里，有足够的金子
可以为你的竖琴
购买新的琴弦。拿去，去买吧，然后回到这里。"

老诗人听了，感觉

这慷慨真实可靠。他在他的心中哭泣，
接着，他把竖琴
扔在地上，砸坏了它。没有人知道，哪一天
会有什么样的价值！

“这些歌曲，呼吸接着呼吸，一直让我记住
伊拉克的曲调，以及
波斯的节奏。兹拉夫甘小调，二十四种旋律
的活水般的清新，这些

已经让我分心。当一队队商旅离开，
我的诗始终让我
留在我的自我之中，这是你给我的最大礼物，现在，
我要将它奉还！”当有人

在为你计数黄金，不要看着你的手，也不要看着
黄金。要看那位赐予者！
“但即使这自责的哭号，”欧麦尔说道，
“也是另一种

圆管的形状、另一节芦苇。记住过去和
期待未来，
会将你置于一段时间的圆柱。把圆柱
掏空，刺出圆孔，

于是，它就能发出笛音。让真主的
气息流入并通过。
不要做一个被自己的追求束缚的
寻求者。要后悔于

你的后悔！”这个人的心灵醒来，不再钟情于
高音和低音。没有了
哭泣或欢笑，他的动物灵魂就会渐渐枯竭，
这另一个灵魂就会开始生活。

在一种真正的困惑中，他超越了任何追求，
超越了语言和描述，
淹没在美之中，淹没于解脱之外。波浪
淹没了老人。关于他，

再也无话可说。他已抖落他的长袍，长袍中
空空如也。
有一种追逐，一只猎鹰俯冲向
森林，再也没有

回来。每一刻，阳光既是完全空的，
也是完全满的。这个世界，就像
一个年老的诗人，因灵魂之水和初升的朝阳
而充满活力，这色彩斑斓、

四处弥漫的音乐般的景象，除了在梦中，
没有人能够想象。

五、祭坛：宗教的真谛

所有赞颂、忏悔和宽恕的行为都与所有宗教的活的核心结合在一起。

他与夏姆士·大不里士的友谊，那不可言说而又独特的连接，为鲁米消解了宗教的结构。友谊变成了他的崇拜，吸收伊斯兰教、穆罕默德、尔撒，以及它现实的海洋——心灵——中所有的教义。在他遇见夏姆士并与他密谈之后，神学讨论已变得无关紧要。正如他所说的，夏姆士的容颜是每一门宗教想要牢记的一切。(《你的容颜》)

鲁米和夏姆士为神秘经验的世界做出澄清的方式，是他们持续展开的友谊。这种友谊的源头——阳光、阳光所照耀的一切和内在太阳的奥秘，就是他所崇拜的一切。这就是一些传统信仰者难以理解鲁米的地方：他并不强调人与真主、绝对世界之间的距离，而强调一种被忆起的亲密关系，那个最初的协议，在其中，朋友和友谊成为大海一般的变幻的合一。他并不强调持续对话的祷告。如果我们真正的意识是超越时空的，那么你崇拜的核心就必定超越任何文化或宗教体系。

我无意把这一点教条化，或让它变得富有争议。有一个鲁米，他被穆斯林所爱戴，他的每一首诗几乎都被当作对《古兰经》的注释。这也是一个真实的鲁米，我的诺斯替[①]的、没有宗教形式的鲁米也同样如此。这个人是一个恩典、一个巨大的祝福。我们可以见到他、和他交谈，并从他的诗歌中获益，但这一定都在他的临在的怀抱之中。卡比尔·赫尔敏斯基[②]出版过一本传统的毛拉维祷告书。在书中，1910年毛拉维的谢赫在一篇祷文中这样写道："我们的鲁米和诺斯替的鲁米。"我因这样的说法而感到欣慰。显然，还有其他人像我一样在任何系统之外聆听鲁米的诗歌，那是在共有的心灵之中，其中没有宗教，它属于所有人。

---

① Gnostic源于希腊语单词Gnosis，意为"真知"。Gnosticism，其意为"真知派"，在国内也音译为"诺斯替教派"，在基督教的早期诸教派中，是最值得一提的。主要盛行于公元2世纪，在135年到160年间达到高峰。——编者注

② 毛拉维教团的苏非谢赫。——编者注

一首歌

受赞颂的是一体，所以赞颂也是一体。
许多水罐中的水倾倒向
一个巨大的水盆。所有的宗教、所有的歌唱，
都是同一首歌。

不同之处只是幻觉和空虚。照在
这面墙上的阳光
与照在那面墙上的阳光，看起来
有一些不同，

并且，与照在还有一面墙上的阳光
大不相同，但是，
它依然是同样的阳光。我们从同一片光明那里
借来了这些衣服、这些

时空中的人格，而当我们赞颂，
我们又把它们倾倒回去。

印度的树

有一次，只是为了说些什么，一位有学问的人说：
“在印度，有一棵树。
如果你吃了那棵树上的果实，你就会
长生不老。”

关于“那棵树”的故事就流传开来，最后
一个国王派他的特使
去印度寻找这棵树。人们嘲笑这个人。他们
拍他的后背，

叫道：“先生，我知道你要找的树在哪里，但它
远在丛林中，并且，你需要
一架梯子！”好多年，他不停地旅行，遵循这样的指引，
感觉自己很愚蠢。

他正要回去禀报国王，这时，他遇到了一位智者。
“大师，请告诉我
如何才能找到这棵树。”“我的孩子，尽管有这样的
传说，但这并不是

一棵真的树。有时，它被称作一个太阳；
有时，它被称作一汪海洋；
或者，一朵云。这些词语指的是来自
一个完人的智慧，它

可能会有很多用处，至少，带来永生！
同样，一个人
可以是你的父亲，又是别人的儿子、另一个人的
叔叔、再一个人的

侄子，所以，你在寻找的东西有着许多的名字，
却只是同一样东西。

不要寻找其中的一个名字。要超越任何
对名称的执着。”

所有的战争和人与人之间的冲突之所以会发生，
正是缘于对名称的争论。
这是毫无必要的愚蠢，因为，就在
争论之上，

有一张长长的友谊之桌，已经设好，
等着我们就席。

你的容颜

你也许打算离开，当
一个灵魂离开世界，
几乎带走它所有的芬芳。
你给你的马备好了鞍。

你一定就要启程。记住，
这里有你的朋友，就像
草原和天空一样忠诚。
我是否让你失望了？也许

你生气了。但请记住，
我们的夜谈、我们一起
挖的井、海边的黄玫瑰、渴望、

大天使吉卜利勒说的话："诚心所愿"。

夏姆士·大不里士，你的容颜
是每一门宗教想要牢记的一切。

让道路自己到来

愿望来了，我的希望和渴望来了。
我被捆绑起来，在结上打结。
接着，你来了，将我的束缚解开。
在"路上"的谈论已经说够了！

让道路自己到来。你捧起
一把土，我就在那把土中。
我可以说出好与坏之间的不同，
但说不出，我如何知道你的美丽。

头脑拒绝和爱一起燃烧。
萨拉丁[①]就在中心，
却隐而不显。库特布——爱之极，
一直伸到这里的这片土地。

---

① 萨拉丁·扎库布是科尼亚的金匠。在夏姆士死后，他成了鲁米的朋友。他的女儿嫁给了鲁米的儿子苏丹·维莱德。

一个斜视的弟子

有些人，接受穆萨的律法，而不接受
尔撒的恩典和爱，
就像屠杀基督徒的犹太王。这不是
正确的看的方式。

穆萨在尔撒的灵魂中，正如尔撒也在穆萨的灵魂中。
一个时代属于一个人；
然后，又轮到他人，但他们是同一个生命。
一个老师对一个

有些斜视的弟子说：“把那只瓶子递给我。”“是哪一只？”
“并没有两只瓶子。”
“不要责骂我，老师，但我确实看到了两只。”
“那把其中一只打碎。”

当然，两只瓶子都被摔碎。当我们经由欲望、愤怒
或某个宗教自身利益的
双重眼光去看，就会发生这种情形。一个
被收买的法官分不清

谁是受害者。好的祷告应该这样说：“主啊，帮我们
把两个世界看成一个。”

亲爱的灵魂

亲爱的灵魂，当我们所说的成为恋人的条件
达成，就没有耐心，
也没有后悔。它们都变得极其荒谬。把遗憾
视为一条虫，把爱视为

一条龙。耻辱，是多变的天气。爱，是一无所需的
品德。对于这样的恋人，
对任何事物或任何人的爱都不真实。在这里，
源头和目的，是同一回事。

葡萄的四种叫法

一个人给了四个人一枚硬币，让他们一起花掉它。
波斯人说："我想买
安古尔。"阿拉伯人说："你这无赖，我要买伊纳布。"
突厥人说："我想买乌朱姆！"

希腊人说："你们都给我闭嘴。我们要买的是伊斯菲尔。"
他们开始互相推搡，然后
拳脚相向，一场混战。如果有一个通晓
诸国语言的老师在场，

他就可以化解他们的争执，告诉他们："我可以用这一枚
硬币，买到你们都想要的

葡萄。请相信我，安静，你们四个敌人
都会讲和。

我还知道，有一种无声的内在含义，它能把你们的
四个词语变成同一种酒。”

四个被打断的祷告者

四个印度人，走进一座清真寺，开始礼拜。
他们做着虔诚的祷告。
但当一个宣礼员走过，其中一个印度人
不假思索地问：“喂，

你是不是要去宣布：现在开始祷告？是不是到了
祷告的时间？”第二个印度人
轻声说道：“你说话了。现在，你的祷告白费了。”
第三个人说：“叔叔，不要责怪他！

你也说话了。请先改正你自己。”第四个人说道：
“赞美真主，我可没有
犯你们三个人的错误。”于是，这四个人的祷告
都被打断，后面三个

发现错误的人，要比第一个开口的人错得更厉害。
看见自己弱点的人
会得到祝福，当一个人看见别人的缺点，自己却

承担责任，就会

得到祝福。因为，任何人都有错误和
软弱的一半，并且
偏离了正道。真的有一半！另一半则在不可见的
喜悦中舞蹈、畅游、翱翔。

你的头上有十个烂疮。把你所有的药膏
都贴在你自己的头上。
并且，告诉每个人你得了什么病。这也是
康复的一部分！

当你这样给自己开刀，你就变得更加仁慈和智慧。
即使你当时并没有
一个特别的缺点，你很快就会因你的某个行为
而一举成名。不要自满。

亿万年中，路西弗都是一个高贵的天使。想一想，
他的名字现在的含义。
不要希望自己出名，直到你的脸上已彻底洗去
恐惧。如果你还没有

长出胡子，那就不要嘲笑别人的光下巴。
想一想，撒旦如何吞下
灵魂的毒药，并且要感激，你只尝到了
警告的甜味。

灵魂是只逛不买的人

灵魂是只逛不买的人，他们无所事事地问："这个
多少钱？呵呵，我只是
看看而已。"他们拿起一百样东西，然后又放下，
就像没有钱的影子。

花出去的是爱，和因哭泣而湿润的双眼。但
这些人走进一家店，
他们的整个生活突然就在那一刻结束，就在
那家店里。你去了

哪里？哪里也没去。你吃了什么？没吃什么。
即使你不知道自己
想要什么，也买些东西，成为交易的一部分。
开始一个巨大而愚蠢的工程，

就像努哈[①]那样。人们对你的看法
根本无关紧要。

---

①《古兰经》中的人物，伊斯兰教使者之一。受到真主的启示，造一方舟，当洪水泛滥时，使全家人得救。——译者注

六、想要你陪它玩的小狗：无忧之径

笨重的嗒嗒、嗒嗒的脚步声。我听到我的爱犬穿过客厅，也许它想让我和它一起玩扔壁球。在玻璃笔筒里，我们有一个随手能拿到的球。也许是一个乒乓球。笨重的脚步声成双成对，嗒嗒、嗒嗒。它的名字叫塔鲁。塔鲁出自哪里？一曲被遗忘的爱尔兰民谣？小号的一个音符？在仙境中隐隐吹响的号角。它是在无忧之径上捡到的一个杏子。

一个人需要有一个球可以扔。一条披肩和一个球。观察狗，学习它如何为下一次出击做好准备。在鲁米看来，自我被分为两大部分：小我（个性）和一个巨大的存在（灵魂）。它们的互动就像是一只小狗（个性的自我）想要你（永恒的灵魂）陪它一起玩。

苏非说，爱是真主最甜蜜的秘密。感激和欢笑是鲁米所庆祝的爱的状态的关键属性。正是爱孵化出新的人类意识，为此而发生的每一件事、每一个经验，都是一个沿街乞讨慷慨施与的托钵僧（苏非派的苦修者）。迎接每一刻，就好像它就是预言，就好像它就是拉比亚[①]、夏姆士或临济禅师[②]。在一个秋夜，芭蕉[③]或鲁米从雅典的大街上走来。怀着这样的爱意，会有一个小镇的感觉，其中充满了漫步和好心情。

还记得，但丁极其痛苦地把保罗和弗朗西斯卡这对恋人置于地狱边境，他们选择了令人心碎的浪漫爱情而非更广阔的生命之爱。他们把他们有限的选择无限延伸。这并不是鲁米所说的真主的最甜蜜的秘密之爱，尽管它们是相连的。所有的爱和欲望都来自同一种吸引。你可能会说，鲁米的《夏姆士集》中的爱情诗将我们吸引进一个意图（和注意力）的形态场，在其中，我们处于寂灭（法纳）和再吸收（巴卡）中。科学正在开始发现强大的形态场，在其中，年轻动物们与它们所印刻[④]的父母分享。我们可以成长，并乐于接受艺术家和圣人们将我们吸引进认知改变的领域，而这些领域会引导我们的意识不断进化。

---

① 巴士拉的神秘主义女诗人。她认为，对真主的爱不应源于恐惧或期望，而应是对心灵之美的回应。她曾在一个美丽的春日早晨，坐在室内，闭上眼睛，教导外在的美景只是内心美善和慷慨的反映，而这就是真主的恩典。

② 中国唐代高僧，志行纯一，深得佛法大意。——编者注

③ 日本江户时代前期的一位俳谐师的署名。松尾芭蕉把俳谐诗从诙谐提升到真挚，并引向抒情诗的境界，把俳句形式推向顶峰。——编者注

④ 印刻（imprint），新生动物记住它们父母的行为。——译者注

灵魂的肖像

我的灵魂，在我们称之为宇宙的
立方体镜面的六个面上，都有一幅
你的肖像，但镜子只能
凭自己的能力展现。它们无法

描绘灵魂成长的各个阶段。
太阳请教内在的太阳：
“我怎样才能看见你？”
回答：“当你西沉，我就东升。”

智能想要限制灵魂，就像一只
被拴住脚的骆驼，而爱渴望
保持灵魂的七个层次，但它的
意愿不可能达成。有时，在一个

丰收的谷堆，在谷壳和麦秆的大山，
一颗麦粒似乎拥有双脚和翅膀。
这就是在灵魂的领域，
头脑的大小和用处。

一旦你看到灵魂是什么，你就
身处大海之中。从那时起，
敬畏就已经将你淹没。当灵魂
发问，快乐的金耳环

就会来到每一个人的耳垂。
个性是一只小狗，想要
灵魂陪它一起玩耍。我听到
你的呼唤，我正走在路上，

却没有腿和脚。我们能做什么，
才能像你做的一样？白天，黑夜？
我们是你树下的绿荫。阿丹[①]离开
灵魂的世界，因为你在这里。

你发出了呼唤。爱是一场海上的
暴风雨，只为前来让你抚摩。为了
让你开口，我现在必须闭口不言。

灵魂和老妇人

灵魂是什么？意识。越是觉知，灵魂
越是深刻，而当
这样的本质流溢，你就会感觉周围的神圣。要分辨
一个身穿长袍、假装托钵僧的人

与真正的托钵僧，是如此简单。
我们知道纯水的
味道。言辞可以听起来像一首诗，但其中

---

① 伊斯兰教中人类的始祖，相当于《圣经》中的亚当。——译者注

没有果汁，没有可口的

味道。你会看一幅澡堂墙上的图画多久？
灵魂会让你离开那些图画，
把你吸引到澡堂门口，并与坐着晒太阳的
老妇人说话。

她几乎什么也看不见，但她内心有什么
让灵魂喜欢流进
她的心中。她很善良，她常常哭泣。她非常果断，
并轻易就会开怀大笑。

核心

无论是谁种了这个苹果园，并把它藏在
语言的迷雾中，但还是
传来阵阵芬芳，让你的鼻子灵敏而通畅。
粗鄙的同伴

会用黏液将你堵塞，让你忘记，有什么
隐藏在文字的迷雾中。
胡萨姆丁①的阳光会有帮助，它在这本书中
燃烧。有一个神明

---

① 即胡萨姆·切利比，鲁米的抄写员。他曾是夏姆士的学生，并常常与阳光联系在一起，“夏姆士”的意思是“太阳”。

名叫库诸[1]，他熟悉云朵和彩虹，雪月
和冰冷的坟头。
把这些覆盖留给库诸。撕开核心，七个蓝色的
星球围绕它旋转。

金星拨弄她的琴弦，诱出
这首诗的精华。
木星放下金钱。土星，甚至他，也弯腰
亲吻这只手："我不配。"

火星磨剑时割伤了自己。占星家们
研究正在消失的
星星。哲学家们谈论"思想"，但这
到底是什么意思？神秘的

诗人们运用比喻。享乐之人点了甜点。面包
在肚子里消化。
每一张脸都朝向光明。当矿物进入
植物，当动物喝着草叶上

的露水，希德尔[2]弯腰畅饮智慧之泉，
另一个生命欢快地
和挚友一起放下他的负担，生命
永远不会终结。

---

① 库诸（Quzuh）是伊斯兰阿拉伯的天空之神，掌管云和雾的天使，并与彩虹有关。

② 希德尔是灵魂的向导。他存在于可见和不可见世界的边缘。

鸭子的智慧

谁是尤素福？你寻求真理的心灵，你
现在正被困于牢笼的心灵。
他们从地上拿稻草给你吃，而你
什么也不想要，只想

面对面地相见。一些要你离家的邀请
是危险的。尤素福
离开了他父亲的保护。“这会激动人心。”
他的兄弟们说。绝不要

为了享乐或金钱而离开挚友。司库
会让你的投资
成百倍地增加，但这与离开
一个真主的朋友有关。不要

这样做。在荒年，当穆罕默德的几个同伴听说，
一队商旅就要到来，
他们就离开了他。他们想要在坐吃山空之前
获得补给。绝不要

为了面包而离开一个先知！他们跑向
小麦，而离开了
小麦的赐予者！要信任友谊更胜于信任财富
或任何满足。有一天，

一只猎鹰邀请鸭子离开湖边，去游览
高原。聪明的鸭子
说道：“湖水是我的源泉和堡垒、我的平安
和喜悦。不要用

你喜欢去的地方来引诱我。你拥有翱翔的天赋。
而我喜欢这片
小小的沼泽。”鸭子留在了家中，家
让它感觉完整。

而你要耐心地坐在黑暗之中。
黎明即将来临。

石子赞念

阿布·贾赫勒的手中有几颗石子。“穆罕默德！
快，告诉我，我的手中
藏着什么？你说你是
真主的使者，

对所有奥秘了如指掌。那就回答我的问题！”
“你想要我怎么做？是说出
它们是什么，还是，让它们来告诉你我是谁？”
阿布·贾赫勒迷惑不解。

“后者听起来更加有趣。”随即，从他的手中

传来石子吟唱
赞念的声音。一切非真，
唯有真主。

一切非真，唯有真主。
每一颗石子穿成
珍珠。阿布·贾赫勒，这个怀疑之人，
把它们扔在地上。

脚变成头

今天，太阳不一样地升起。
灵魂进入不停变化的光明。
今天，木星、月亮、我们
所居住的好运之家、挚友，

全都是一体的临在，这个
盛大的健康，在其中，
我们是彼此的仆人。当宴会
正要结束，来了一个斟酒和

烤面包的人：对于结束，
这是一个完美的开始，正如
以这种新的方式，脚变成了头。

七、口渴：水声

在对陪伴的需要和欢愉中，暗示着一种亲近。

谈话可能会对这种对挚友的渴望有所帮助。鲁米觉得说话徒劳无益（就像一只狗朝月亮吠叫），但他又说，《玛斯纳维》是一场崇高的对话。在其中，你能品尝到想要饮下整条阿姆河的渴望的滋味！

在一个朋友的声音中，我们听到

如果你是我的灵魂之友，我所说的话并不会
只是一个断言。你可能会在午夜
听见我说："从黑暗中出来，不要害怕。"
"亲近"和"亲属"都是

断言，但说话声并不是。当一个人
听到他朋友的声音，
他所感到的快乐，才至关重要。有些人
在一个声音中能听到

本质正在被道出，其他人却听不见。
一个从小到大都说
阿拉伯语的人用阿拉伯语说："阿拉伯语是我的母语。"
你知道他说得对。或者，

有人写得一手好字，他说："我能读会写。"
写就的稿子就是证明。
一个苏非会说："昨夜，你看见我
肩上扛着

祷告毯。我向你解释了千里眼是怎么回事。
让它来指引你。"
你做梦的灵魂说："好的！"这样的确认就像是
你丢失的骆驼。当有人说

他见过它，你会满怀兴趣地聆听，但如果
它就在你面前，你就会
感觉不同。你把一杯泉水递给一个
快要渴死的人。难道他会

要求一张证明，上面写道“这液体就是水的一种”？
难道一个婴儿会要求他的母亲
验证乳房？当一个完人在一群渴望品尝
灵魂滋味的人中出现，

他们立即就会在他的声音中听出
这样的含义：我离你很近。

说话和真主的各种各样的爱

努哈讲了九百年，想要帮助人们
改变。他们总是愤世嫉俗，
但他从没停止讲话，他从没有躲进
沉默的洞穴。他对自己说：

“当狗儿吠叫，难道商队就止步不前？每个人都可以
凭他天生的禀赋，做点什么。
月亮穿过夜空，狗儿就会吠叫。
我则开口发言。”

这个集市的座右铭：“每个人都在贩卖

不同的东西，因为真主喜欢
各不相同。”火焰吞噬荆棘，就像在吃甜点。猪则认为，
粪便是美味的杂碎。毒蛇

在这里喷出毒液，而在幽深的山谷，
蜂巢变得甜蜜。
微尘在空中到处飞舞，这是阳光中
自然活动的一部分。一棵树的

树液流向许多方向。《古兰经》里说得没错：
我们正在回归。
数字在争斗，但它们都源自零。我们
无法说出，什么样的巨大平安

降临在狂野之河上。胡萨姆和我，我们依然
在说话。没有人可以喝下
整条阿姆河，但尝一尝六卷《玛斯纳维》，
可以缓解你的口渴。

不再是一个陌生人，你整天
聆听这些疯狂的爱的话语。
就像一只蜜蜂，你将上百个蜂巢
填满蜂蜜，尽管从这里，
要走很长的路，
你才能回到家中。

八、储物架上的猎鹰：离开国王的感觉

有一种鲁米称之为辉煌或威严的觉知状态。在其中，造物和造物主之间的连接狂野、芬芳、新鲜，并且热情地活在当下。在这之外的生活，感觉就像是赛伯伊城[1]中沉闷的饱腹感。缺乏活力和对预言的厌烦表明，这种连接已经断开。更可悲的是，在老妇人的厨房里，猎鹰荒谬的骄傲和局促的处境。

① 示巴和素莱曼的故事是关于身体的感知（示巴）与神性和光明的智慧（素莱曼）的壮丽共舞。示巴的主要城市是赛伯伊城，这里所呈现的是一个没有素莱曼的临在的地方会是什么样的景象。这让我想起猫王在孟菲斯的雅园，糜烂的浮华、不自然的褪色金饰、被大肆宣传的连衣裤。中年猫王的形象是创造性如何看似与灵魂切断联系的象征。

赛伯伊城

在赛伯伊城，有数不清的财富。每一个人
都应有尽有。甚至
澡堂的司炉也束着金腰带。巨大的葡萄串
挂在每一条街道，碰到了

市民们的脸颊。没有人必须做
任何事情。你可以
头顶篮子，走过一片果园，篮子会
自动装满树上掉落的

熟透的水果。流浪狗不屑一顾地游荡在
满是残羹剩饭的
街巷。瘦得皮包骨头的沙漠狼
因丰富的食物

而消化不良。每一个人都是酒足饭饱的胖子。
没有盗贼。没有
任何犯罪的冲动，或感恩的念头，
也没有人想了解

看不见的世界。只要一提起预言，赛伯伊城的居民
就会感到厌烦。
他们没有任何愿望。也许对于奇迹
有些微的好奇，但是，

仅此而已。这样的过度富裕，是一种
微妙的疾病。得了
这种病的人，看不到出了什么问题，也听不见
别人的指正。在赛伯伊城，

他无法理解自己！但有一个药方，一服给
个人的药，而无法治愈
整个社会。静静地坐下，聆听一个
内在的声音，它会说：

“更加静默。”当这种情形发生，你的灵魂就开始苏醒。
不要说话，并且
放弃你的权位。放弃多余的金钱。
求教于赛伯伊城外的

老师和先知。他们可以帮助你
再次变得甜蜜而芳香，
狂野又鲜活，并且感恩
每一件小事。

小偷

在夜里，一个人听到家里有脚步声。他
伸手去摸火石，
想要点亮油灯。但小偷走上来，坐在他的
身后。每当火种

开始点燃，小偷就把它扑灭。这个人以为
是火种自己熄灭。“它一定
是受潮了。”有时候，我们不明白，是什么
熄灭了我们的灯、我们的爱。

黑暗中，有什么熄灭了它。你也可以说，
白昼燃烧，然后熄灭，
于是，黑夜来临，这样的变化，一成不变。
无论发生什么，

还是不发生什么，一个临在
总在伸出援手。

国王的猎鹰

国王有一只高贵的猎鹰。一天，它悄悄溜走，
来到一个老妇人的
帐篷。她正在给她的孩子们炖汤。
“谁是你的主人？”

她问道，迅速绑住了猎鹰的脚。她
修剪它的翅膀，剪掉了
它有力的利爪，用稻草喂它。“你的主人不懂
如何对待猎鹰，”

她自问自答，“但你妈妈知道！”朋友，

这种话就是一座牢笼。
不要去听。国王一整天都在找他的猎鹰，
黄昏时分，他来到

那座帐篷，看见他心爱的猛禽站在架子上，
被老妇人烧饭的蒸汽
所笼罩。“难道你为这种地方而离开我？”猎鹰
用它的翅膀抚摩

国王的手，无言地感受它差一点就失去的爱。
这只猎鹰就像是一个
蒙受恩典而坐在国王身边的人，于是它以为，
它能和国王平起平坐。

一转眼，它就在老妇人的帐篷中。
在国王的临在面前，
不要觉得你非同一般。要谦卑有礼、
满怀感激。一只猎鹰

是你属于国王的那部分的形象。从前，
有一只瞎眼的猎鹰，
在荒野与一群猫头鹰相遇。它们以为
它想要占据它们所住的

废墟。它们撕扯它的羽毛。“等等！我
对这里毫无兴趣。
我的家，是国王的手臂。”猫头鹰们以为，

它是在吹牛，

想要转移注意力。“不！我并不是说，
我像国王一样。我只是
一只年老体弱、瞎眼的猎鹰。我能做的只是
聆听国王的鼓声。当我听到时，

我就会飞向鼓声传来的方向。我并不是
国王的亲属，
但我已经蒙受了国王的光明，就像空气
被卷进火焰，清水

化为植物。我的自我已经死去，成为
国王的生命。我在他马蹄下
的尘土中翻滚。不要让这只瞎眼猎鹰的
形象骗了你们。

在我再次听到鼓声之前，我确实是
一道美味的点心。
你们这些猫头鹰，现在就该尝尝，因为
当鼓声响起，我就会离去。”

厌倦于经文

我的头绕着我的双脚在转，
就像指南针，一只脚

固定在地面上，另一只脚
和流浪的月亮一起疯狂，和火星

一起慢慢燃烧。无聊、惭愧，
飘浮在金色的天空，怀着
深深的狂喜，所有秘密都已得知。
一头幼狮外出寻找，想要喝到

心中的鲜血。你以为我病了，
所以你读了第一章，但经文
正是我的病因。当哈拉智
说出他的真理，他们因为

他说的话，把他钉上十字架。
如果哈拉智在这里，他会对我
指着他们，不像这里的这个不会
鞠躬的老师。我不会清洗尸体，

或在石头上雕刻标记。宇宙
认识大不里士的夏姆士，
但你并不认识。我厌倦于
与这样的盲目相处。

医药

十三个先知一起来到赛伯伊城，

这里一直以
丰饶富有著称。“赐给你头的那位
只想要你鞠一个躬，

你是否为此满怀感恩？”赛伯伊人回答道：
“我们心中没有
感恩，我们已厌倦于接受礼物。我们
厌倦于奇迹，厌倦于

休息，厌倦于激动人心。拜托，再也不要
更多的果园、更多的美景。
生命的礼物再也取悦不了我们。”“但我们
治疗的正是灵魂的疾病，”

先知们说道，“你生命中的死亡，让甜蜜
变得苦涩，那些
毒害你的人，却像是高贵的朋友。你的感知
疲惫不堪。你听到

新鲜的真理之言，你却说：‘陈词滥调。
这些，我早就听过。’
当我们把你治好，你就会在每一个老故事中
听出新的含义。

平常的医生检查脉搏，以诊断心脏。而我们
只是聆听，无须任何中介。
我们用千里眼在观景台上查看。医生们

照看动物能量的健康，

而神圣的威严之光经由我们
以正确的言行运作。
我们知道，是什么让你走在路上，是什么
让你分心。医生查看

尿液。我们则等待灵感，并且，分文不收，
感觉到神圣就已足够。
所以，把你的不适、你的迟钝、你无情的
忘恩负义都带来。

当我们和你相遇，这样的相聚本身
就是一服良药。我们
就是疗愈，是打开你视野的目光。”

九、见证：在火焰的核心

显现的世界在你面前经过，并留在见证之中，星辰倒映在夜晚的溪水中。有一种迈向爱之道的自然的运动，也有热情的静止点。见证的奥秘在于，其中不涉及经验，也没有任何个人的作为或感受，只是一个宁静的、星际的、非在的背景。

小溪和星星

灵性与可见的世界如此相混，给予者、礼物、
接受者成了
一回事。你就是从天而降的恩典，恩典
就是你。创造是

一条清澈、平缓、快速流动的小溪，品质
在其中得以反映。世世代代
匆匆而过，而星星依然在那里，没有溅起一点水花。
当你失去了食欲，

你就会从别的地方获取营养。有一种幸福
与身体无关，有一种生命
活在芬芳之中。不要担心失去
动物的活力。走在

爱的路上，并要求得到补给。更多地去爱
星光的反映，而非潺潺的溪水。

夜贼

有一个国王，在他的王国夜游。他遇到了
一群小偷。
“你是谁？”他们问。“我是你们中的一员。”于是，
他们一路同行，每个人

谈论自己作为小偷的看家本领。
一个人说：
“我的天赋，是我的耳朵。我能听懂
一只狗的吠叫。”

其他人都笑了：“这没多大用处！”另一个小偷说：
“我的专长是
我的眼睛。无论我在夜里看见什么，我都能在白天
把它认出。”另一个小偷说：

“我的强项是我的胳膊。我可以钻过任何一条墙缝！”
又一个小偷说：“我的鼻子最厉害。
我只要嗅一嗅，就能找到宝藏埋在哪里。”最后一个
小偷说：“我的绝活在我的手上。

我可以用套索套住任何东西。”然后，他们问
假扮小偷的国王，他的绝技是什么。
“我的这把胡子。每当我把它转向罪犯，
他们就会获释。”

“呵呵！有了你，真是太好了。”于是他们
继续前进，一路走向
王宫。看门狗突然吠叫，耳朵好的小偷
解释道：

“狗在说国王与我们同在！”鼻子好的小偷
闻了闻地面：“这是一块

丰盛的土地。”会扔套索的小偷飞快地把绳子
扔向城墙。会钻洞的小偷钻进了

宝库。他们全都满载而归，有黄金、刺绣
和巨大的珍珠。国王
在一旁查看，然后悄悄溜走。第二天，窃案
被发现，国王命令

他的卫兵抓捕小偷。当这些小偷被带进王宫，
那个在白天能认出
夜里所见的小偷说道：“这位就是昨夜
和我们同行的朋友，

那个大胡子！”这个人是一个神秘家。
他知道到底发生了
什么。“这位国王体现了这句话：
他与你同在。

他知道我们的秘密。他和我们玩我们的游戏。
国王就是证人，
他清明的诚实，就是我们所需的恩典。”

印沙拉[1]

有些人工作，并变得富有。还有些人，同样工作，
却依然贫困。婚姻让一个人
充满活力，让另一个人筋疲力尽。不要信任方法。
它们一直在变。一个方法

会摆来摆去，就像驴子的尾巴。始终要加上一句
感恩的话："如果真主愿意"。然后，
再去做一件事。你也许正牵着一头驴子，不，一只山羊，
不，谁说得清？我们坐在一个

黑暗的坑里，以为我们已回到家中。我们传递美味佳肴，
其实却是有毒的诱饵。你以为
这是空洞的说教？那些不说"如果真主愿意"
这句话的人，都活在

盲目之中。在黑暗中，他们揉着眼睛，
问："谁在那里？"

思考和心灵的神秘道路

一张平安的脸会因思考的毒钉而扭曲。
一把金铲插入

---

① 印沙拉（Inshallah），意为"如果真主愿意"或"如蒙天佑"。

一堆牛粪。假设你解开了头脑中的一个结。
麻袋空了。你已经年老，

一直想要解开这样的结，那就再解开几个。
为何要打结！有一个大结
紧锁住你的喉咙，你是否与它
相安无事，这个问题

并没有定义。解决它！你审视财物和
意外。你把你的生命
浪费在让主语和谓语一致上。你核对传闻。
你研究文物，并认为

你了解制造者，为搞清了起源而骄傲。
就像一个科学家，你收集
资料，整理事实，并得出某个结论。
神秘家则有不同的见解，

得出不同的结论：他们把一个头放在一个人的胸口，
在不知不觉间获得答案。
思考会散发烟雾，以证明火的存在。一个
神秘家端坐在火焰之中。

在上升的烟雾中，有想象喜欢看的
奇妙形状。但为这朦胧的景象
而离开火焰，是一个错误。留在这里，
在火焰的核心中。

悖论

悖论：睡梦中最好的清醒，一无所有的
富有，珍珠项链系在
铁项圈上，沸水中的火焰，
因资金流出

而收入增长。奉献是报酬丰厚的工作，它会带来
金钱。把时间花在
祷告和冥想上，这可以节省时间。甜美的果实藏在
树叶中间。对于大地，

粪便会化为食物，以及树木生长的力量。非在
包含了存在。爱
包含了美。褐色的燧石和灰色的钢铁中
有橙色的烛光。在恐惧中，

有安全。在黑色的瞳孔中，有闪烁的
光亮。在臃肿的
身体中，有一个英俊的王子。

下落不明

每一刻，我们的嘴里都品尝着
那种美的滋味，另一种
藏在一只口袋中。无以言喻：

没有柏树，没有阳光，能媲美

孤独的躲藏。别的欢愉
会聚集众人，发起纷争，
喧嚣不已。但灵魂之美
依然宁静：夏姆士和他惊人的

下落不明，在我心中。

语言的层次

真主说过："和人类语言一起出现的意象
与我并不相符，
但那些喜爱语言之人，必须靠它们来靠近。"
要记住，就像

这样谈论国王："他不是一个织布工。"难道这算是
赞美？这样的谈论
无论是什么，语言是在你对真主的认知
的那个层次。

恋人若能赴死

一面中国镜子，能显示一个人的
各个侧面。这是为你准备的。

有人天生聋哑，高音对他
毫无用处，就像新生的婴儿

无须甘醇的美酒。在辽阔的海上，
一只陆地的鸟儿能做什么？
我们是被绝对的非在的酒肆
扔出来的果壳，并不关心

利润或嫁妆，或穿
什么衣服。我们是
疯狂之外的十万年。
柏拉图对此不置可否。

男女的身体之美，并非
这里的一个形象。
恋人若能赴死，那他们才算
真正活着。一个伟大的灵魂

来到夏姆士面前。“你在这里干什么？”
回答：“那里有什么可做？”

十、灵魂的喜悦：你内在的河流

“一切都是灵魂，并会盛开。”（《脚下的玫瑰》）这就是一个人活在自己真相中的安适。在真相中，灵魂找到一条河流，它不断重塑它流经的大地，并带来新的故事和诗歌。一个人的生命活动会让灵魂感到喜悦：当生命的片段组合在一起。

运动会带来新的祝福，45分钟的步行、一天里可爱的杂务：去邮局、熟食店、加油站、墓地。有人看到一个神秘的图案正在呈现。而我，更多是感觉到它，而非看到它。

流水

当你以你的灵魂去做事，你就会感受到一条河流
在你的内在流动，一种喜悦。
当行动来自另一部分，这种感觉
就会消失。不要让

别人引领你。他们可能是瞎子，或者更糟，
秃鹫。要把手伸向真主的绳索。
这是指什么？把自我意愿放在一边。
人们因为任性而

坐牢。被抓住的鸟儿，翅膀受到束缚，
鱼儿在煎锅中吱吱作响。
警察的愤怒就是任性。你见过一个法官
施加可见的惩罚。现在，

看一看无形的惩罚。如果你能摆脱你的自私，
你就会明白，你如何
一直在折磨你的灵魂。我们在一口井的
黑水中出生和生活。

我们如何得知，阳光下的旷野是什么样子？
不要坚持前往
你认为自己想去的地方。要向春天问路。
你生活的片段会形成

一种和谐。有一座移动的宫殿，浮在空中，
有阳台，有清水
流过，无限无处不在，但又能
被容纳在一座帐篷之下。

罐子的叔叔

让我们谈谈杯子、罐子和河流，
以及它们如何彼此依赖。
河里的流水装进罐子，
但只有陶工才了解

杯子的情形。一个人用了一只
杯子。我们根据杯中的残留
得知里面装过什么。有些天真之人
并没有靠得很近，而闻不到麝香，

所以，他们就无法判断。但
他们还是会评判，别人还会重复
他们的无知。我们该把这称作什么？
还有一次，从一只罐子里冒出的

香气，让成千上万的突厥人
和印度教徒疯狂，或者，一个巫婆
骑着这只罐子，从一个城镇飞到
另一个城镇，嘲笑没有罐子的女巫！

最好追随你自己闻到的
香气。让它把你带到
一个人面前，他已超越
罐子和杯子。你听说过

酒鬼们说的那句老话：
“我是这只酒罐的叔叔。”找到
这样一个酒鬼，坐在他旁边。
不会有道听途说的闲扯，

也许，根本就是一言不发。一种静默
留在空罐之中，就像香气，
就像春天泛滥的河水。这就是
你一直在找的罐子。

⚜

喜悦总是流向新的地方，
它善于流动，从不冻结。
一个漫长冬天的故事结束。现在，
春天里的每一天，都是一个崭新的故事。

⚜

一条路会在一座房子前终止，
但它并不是爱的道路。
爱是一条河流。

从它那里取饮。

起身。围绕中心转圈，
就像朝圣者围绕天房。
静止，是两块土砖在沉睡中
粘在一起的方式，
而运动会唤醒我们，
并带来新的祝福。

一个他们知道的故事

现在正是时候，让我们加入
和你们锁在一起的疯子的行列。
现在，是完全自由和解脱的时候，
是放弃我们灵魂的时候。放火烧掉房子，

跑到街上，现在是动乱的时候。我们还能
怎样离开这个世界的大桶，去靠近那嘴唇？
我们必须死去，以成为
完人。我们必须完全颠倒，

就像美人头上的一把梳子。
展开你的翅膀，就像一棵树
在果园里耸立，就像种子

撒在路上，就像石头熔化成蜡，

就像蜡烛化为飞蛾。在棋盘上，
国王和王后再次受到祝福。
当我们的脸如此贴近爱的镜子，
我们一定要屏住呼吸，来到

一片空地——这里原本有一座房子，
感受藏在我们内在的宝藏。
没有开始，没有结束，我们
活在恋人的心中，就像一个

他们知道的故事，如果你是
那把钥匙，我们就是它的锁闩。

脚下的玫瑰

问安的声音响起，当
祷告的波涛沉寂，
希望找到没有踪影的
那位的一些踪迹。

如果有人问："你是谁？"
那就毫不迟疑地回答：
"灵魂中的灵魂中的灵魂。"
一个采珍珠的人不知道

如何游泳！没关系。
在沙滩上，会有人把珍珠
交到他的手中。一辆马车
翻进沟里，车上的人说：

“这边该多坐几个，那边
该多坐几个。”我们这些恋人
听到之后，哈哈大笑。
去寻找心儿，在脚下，

我找到了一朵硕大的玫瑰，
而玫瑰，都在我们脚下！
对于那些否认之人，我们该
如何告诉他们？我们穿的

长袍，是用天空之布做成的。
一切都是灵魂，并会盛开。

我手中的所有杯盏，
都斟满了恋人喝的美酒。
我说的每一个字，
都会通向奥秘。
无论我走向哪条道路，
我都看到光明。

十一、翻开大马士革的垃圾：与保管时间的那位一起工作

在这一节的诗中有着极佳的自我宽恕的意象：在大马士革街头翻垃圾，让潮湿的隐秘生活朝向太阳。把阴暗面暴露在阳光下和空气中，这样就会开启一个新的过程。犯错，抬头看。将军：接受我们所处的困境会带来幸运的结果。

鲁米喜欢观察个人性自我的废墟。没有空气，铁锹的工作就无法完成。深层生命的宝藏被埋藏在个人性的废墟之下。我想到了华兹华斯穿过丁登寺[①]的遗迹，尽管他对石雕的遗迹没有多少话要说，挖掘工作也没有进行。他感觉到一种流动经过他的身体。我喜欢在我家乡的奥科尼河边的老磨坊废墟附近散步。磨坊建于19世纪初。大树长在从前水车所在的河床中，以

① 华兹华斯是英国浪漫主义诗人，《丁登寺》是华兹华斯的代表作。——编者注

及没有了屋顶的磨坊中。你可以说，神秘的诗歌漫步在它托钵僧的废墟上，寻找可以挖掘的地点。

心灵喜爱人类的努力所遗留的残骸，以及自然世界清理火灾的残留并重新焕发生机的方式。普林斯顿磨坊上砖砌的水箱现在没有水了。我爬到里面，并把它当成我的写作工作室，如果我能在那里写些什么的话。我的笔记本上密密麻麻地记着有关诗歌的想法。那是我所崇拜的华兹华斯的流动，是聆听灵魂的诉说。

它超越评判，超越背叛和信任，是鲁米只能活出而无法说出的真理。

解决冲突

什么是圣人？一个圣人的酒，已经变成了醋。
如果你依然因酒醉
而勇敢，不要迈步向前。当你的羊变成狮子，
那就来吧。人们这样谈论

伪君子："他们对彼此都有很大的勇气！"
但当真正的敌人现身，
他们就四散而逃。穆罕默德告诉他年轻的士兵：
"交战之前，并没有勇气。"

一个醉汉满口唾沫，吹嘘，当他拔出宝剑，
他会如何如何，
但当这样的机会来临，他会像洋葱一样
把自己层层包裹。事先想象，

自己多么奋不顾身。接着，他的水袋被针
碰了一下，他就泄气了。
什么样的人会说，他想要被擦得干净锃亮，
然后又抱怨，自己受到

粗暴对待？爱是一场官司，粗糙的证据
必须提交，要了结案子，
法官一定要看到证据。你听说过，每一座宝藏
都有一条蛇

守卫着它。为了发现宝藏，亲吻那条蛇！
严厉并不是针对你，
而是针对阻碍你成长的缺点。一个拍打毯子的人
拍打的并不是毯子，而是在

拍打灰尘。驯马师并不是在鞭打马儿，
而是在抽打错误的行进。
把你的麦芽浆装进一只黑暗的大桶，
这样，它就能化为佳酿。

有人问：“当你对你的孩子扇耳光，难道你不担心
真主的愤怒？”“我不是
在打我的孩子，而是在打
他身体里的魔鬼。”

当母亲尖叫：“给我滚出去！”她说的是
孩子可恶的那部分。
不要见到责骂你的人就跑，也不要
不去解决冲突，否则，

你就始终软弱无力。也不要听信别人的吹牛。如果你
与自大为伍，就会一事无成。
最好是一个谦虚的小团队。筛选杏仁，把苦的
扔掉。当你把杏仁倒在

盘子里，酸的和甜的发出的响声听起来差不多，
但在内在，它们截然不同。

阴影和光源

世界的一部分怎会离开世界？
湿润怎会离开水？不要试图
用更多的火把火扑灭！不要
用血清洗伤口。无论你跑得

多快，你的影子都会跟着你。
有时，它还在你前面！只有
太阳当头，你的影子才会减弱。
但影子一直在为你服务。

会伤害你的，也会把你祝福。
黑暗就是你的蜡烛。你的界限
就是你的追求。我本可以
解释这一点，但它会打破

你心上的玻璃罩，而且，一旦打碎，
再也无法修复。你必须同时拥有
阴影和光源。聆听，让你的头
枕在敬畏之树下。当羽毛和翅膀

开始从树上萌芽，你要比一只鸽子
还要安静。不要开口，即便是“咕”的一声。

无须劳作的财富

在达伍德的时代，有一个人总是大声祷告：
“主啊，请赐给我
财富，而无须劳作！您把我创造得又懒又慢，
那就让我做我自己，还能有

每日的面包。为我睡在树荫下而付钱给我！
那是您的树荫。请赐我
一夜暴富，而不用我付出辛劳。让这祷告
成为我唯一要做的事。”

他这样祷告，在智慧的老师面前，
或在城里的傻瓜面前。
无论谁在聆听，都无关紧要。每天每夜
他都在祷告。

当然，人们都嘲笑他。“这个老白痴！”
“是不是有人
给他吸了大麻？”“辛勤劳作，才会丰衣足食，
但这家伙却说：‘无须梯子，

我就能登天。’”“哦，请坐。
信使已捎来
你期盼已久的消息。”“你能不能
把你祷告来的财富

分我一点？”诸如此类。但没有什么
能让他停止祷告。他因此成了
一直在空袋子里寻找奶酪的人
而闻名遐迩。他是

愚昧的活标本。后来，一天早晨，
突然，一头大奶牛走进
他家中。它用犄角撞开了门锁，挑开了
门闩，径直走了进来！

这人停下祷告。他绑住牛腿，割开它的喉咙，
然后跑去
找来屠夫。他有了食物和皮革，足以度过
很长一段日子！

就像孕妇腹中不断长大的胎儿，你们这些人
的欲求没完没了，那就为我
也这样祷告！帮我写完这首长诗！你想要
得到金子。

首先，暗地里给我金子。所有这些
意象和文字都必须
来自你。每个人、每件事、每个行动都会
荣耀你，但有时候，一个人的做法

并没有被别人认出。人类并不了解
无生命的东西

如何赞颂，墙壁、大门、石头，
那些赞颂的大师！

我们对逊尼派和贾布里派的
教义争论不休，它们有
七十二种不同的诠释。争论永远没完没了。但我们
听不见没生命的东西

彼此交谈，并对我们开口！我们如何聆听
不会说话的东西？只有
依靠那一位的帮助。他的爱会通往
灵魂所谈论的奥秘。

对某种工作的爱

对一些人来说，旅行让人精神振奋；对于另一些人，
待在家里，也有相同的感觉。
独处深山，对这个人来说，也如有陪伴；
对于那个人，则无聊至极。

这个人喜欢负责一个团体的
工作。那个人
喜欢热铁被捶打成形的过程。
每一个人都被赋予

对某种工作的强烈愿望、对这些

行动的爱，而所有的行动
都是爱。树枝、枯草、树叶
在风中翻飞，

顺着雨水和水沟的方向
流淌，它们是在
追随它们已被赐予的爱。

戴胜鸟的天赋

每当一个凉亭在乡村为素莱曼而建造，
鸟儿们就会飞来
拜访，并与他交谈。素莱曼能听懂
鸟儿们的语言。

在他的面前，没有糊涂的呢喃。
每一种鸟说的话
都明白无误。能被人理解，是多么快乐！当一个人
和大家在一起，

他却无法吐露心声，就会像
被绑起来一样。
有讲同一种语言的印度人和突厥人，也有
彼此并不理解的

突厥人。我说的是那些共处于

同一种爱中的人。
于是，鸟儿们向素莱曼请教问题，
并告诉他，它们的

特殊才能。它们都希望自己会被要求
留在素莱曼的身边。
这时，轮到戴胜鸟发言："我的国王，我只有
一种天赋，但我希望，

它能对您有用。""请讲。""当我飞到高空，
再往下看，
我能看穿地表，看见地下水。我能看见
在岩缝中流淌的地下水

是浑浊，还是清澈。我能看见泉水
在哪里，在哪里能挖出
最好的井。"素莱曼回答道："当我要向荒原远征，
你会是一个良伴！"

嫉妒的乌鸦忍无可忍。它大叫道：
"如果戴胜鸟
有这样敏锐的眼力，那为什么有一次它没有看到
逮住它的圈套？""问得好，"

素莱曼说，"戴胜鸟，你如何回答？"
"我看见水的天赋
才是真正的天赋。并且，这也是事实：我看不清

抓住我的陷阱。

有一种意志超出我的理解之上，它既导致
我的盲目，也赋予
我千里眼。而乌鸦并没有认识到这一点。”

直到一个人消融，他
才能了解什么是合一。
有一种掉进虚空的坠落。
仅仅谈论谎言，
并不会把它变成真理。

当你依然是你自己，
你在两个世界都是瞎子。
沉醉于自我，不会
让你看见。只有当你
在两个世界清洗，你才会
斩断恐惧和愤怒的深根。

十二、悲歌与赞歌：与死亡安然相处

我们在这里是要成为一扇宽恕之门，以让自由到来。我哭泣，当我要求这扇门不要关上。宽恕喜爱流动。来自悲伤的歌会从胸中释放出伟大的赞美。一支箭从弓上飞出，弓却在颤抖、呜咽。

在我死去的那一天

在我死去的那一天，当我被运往
墓地，请不要哭泣。不要说，
他走了！他走了。死亡与
离开无关。夕阳西下，

月亮西沉，但它们并没有离去。
死亡是一次聚会。坟墓
看似是一座监狱，但它其实是
进入合一的解脱。人类的种子

进入地下，就像一只水桶
悬下深井，尤素福就在其中。
种子会生长，并展现一种
无法想象的美。你的嘴

在这里闭上，即刻在那里
张开，并发出一声欢呼。

一个人，如果做了挚友想要他去做的事，
他就永远不需要朋友。
有一种破产，那是纯粹的收益。
当月亮不躲避黑夜，
它就会始终明亮。

玫瑰最稀有的本质
活在刺里。

⚜

童年、青年、成年，
而现在，老年。
每一位客人都同意
逗留三天，只少不多。
大师，你告诉过我，
要提醒你。现在，到了离开的时候。

⚜

死亡的使者到来时，
我欣然起身。
没有人知道，当我和那位使者
交谈，是谁来探望我！

⚜

当你回到我的心中，
无论我迷路多久，
我环顾四周，就会看到归途。
在我生命的尽头，我奄奄一息，
如果这时你到来，我会坐起来唱歌。

昨夜，有什么在我们之间流过，
现在，我无法记录或言说。
只有当我被抬起来
并且上路，当我折叠的寿衣
在风中展开，
人们才能读懂，就像
写在花蕾绽放的书页上，
昨夜，是什么流经我们。

我把一只脚放在广阔的
死亡平原，某种巨大的
无限，在虚空发出声响。
我从来不曾感觉，有什么
像那一刻的狂野的奇迹。

牺牲金牛座的时间到了

当星星将他们的米粒撒向
我们，这是合一之夜。天空
多么兴奋！金星忍不住唱起
她自己编的小曲，就像鸟儿

迎来温暖的早春。北极星
一直在眺望狮子座。
双鱼座在搅动洋底的
乳白星尘。木星在土星旁边

骑马："老头子，在我身后上马！
活力就会回来！当我们上路，
想一件让你欢呼的好事。"火星洗净
他沾血的宝剑，把它收好，并开始

建造。宝瓶座的水罐已经装满，
而处女座慷慨地将它倾倒。
昴宿星团、天秤座和白羊座之间
再也没有任何颤抖。天蝎座走出来

寻找一个恋人，射手座
也是如此！这并不像是
巨蟹座，走路歪歪斜斜。这是一个
我们期待已久的节日。现在终于到了

牺牲金牛座的时间，并了解
天空如何是一面观看的透镜。
聆听我话语中的弦外之音。夏姆士
会在黎明现身。那时，即使黑夜

也会由它心爱而活泼的黑暗变成
白昼，在这平凡而亲切的阳光中。

失去两个儿子的谢赫

一个伟大的谢赫失去了两个儿子，但他
并没有哭泣。他的家人
和他的妻子不知道他为何毫不悲伤。“不要
以为我冷酷无情，

毫无慈悲之心。我没有哭泣，因为对于我，
他们并没有离开。
我心中的眼睛分明看着他们。他们
在时间之外，但就在不远处，

他们在嬉戏，并过来拥抱我。正如人们有时候
会梦见死去的亲人，我在清醒时
常常看到我的儿子。当我暂时躲开
这个世界，当我让

感官的树叶从我的生命之树上飘落，我甚至
更深地和他们在一起。
我为那些有着不知感恩的灵魂的人而哭泣。
当男孩们朝狗扔石头，

我会哭泣。我会为无缘无故咬人的狗而哭泣。要原谅
任何人造成的伤害。
我们在这里是要成为一扇宽恕之门，以让
自由到来。我哭泣，当我要求

这扇门不要关上。”有些人，只怜悯几个人，
而有些人，
悲悯众生。不要有分别之心。池塘里的水最终
会流入海洋。一个圣人

在个人生活之湖工作和徜徉。另一个圣人
则在海上无尽地嬉戏。

埋在地里的

带来快乐的一切，都是挚友的
芳香。让我们惊奇的一切，
都来自那光明。埋在地里的
开始萌芽，因为你在那里

泼洒过美酒。在秋天死去的
会在春天发芽，因为，这种
说“不”的方法，会在春天
成为你说“是”的赞歌。

锃亮的地板

有一眼灵魂之泉，能增加
每一个人的觉知。一个挚友
能给死亡带来平安和无声的

疗愈。我为美善而工作，

它同样抚摩石头和珍珠，
它同样看待花园里的孔雀
和路上的乌鸦。形式消散，但
智慧依然留存。你的灵魂和

你的爱，与你泥土的身体相混，
但它们有着各自的快乐。
夏姆士走进房间，带来
祝福——锃亮的地板

和装点星辰的屋顶。

十三、最大的帝国：潜入品质

当形式不再是首要的，一个人会在哪里生活？不是在船上，而是在拍打船只的海浪中。不是在金子里，而是在炼金的火焰中。亚历山大大帝实现了他最大的野心，把印度纳入他帝国的版图，当他回来，他与赤身裸体、逍遥自在的哲学家第欧根尼[①]为友。

风所提供的避难所就是祈祷的核心中的无助。这样的臣服并不意味着放弃一个人的力量。

---

① 第欧根尼，那个晒日光浴的哲学家。第欧根尼赤身裸体地躺在他的浴缸里晒太阳。亚历山大大帝正好路过，就问他："我有什么可以为你效劳的？"第欧根尼回答道："有。你挡住了我的阳光。请站到一边。"亚历山大大帝对这个回答大吃一惊，他说："如果我不是亚历山大的话，我希望自己是第欧根尼。"还有一次，亚历山大大帝问第欧根尼："你是真的喜欢住在浴缸里，还是哲学家的恶作剧，想让别人羡慕你？"第欧根尼用一个问题作答："你是真的想要征服波斯、统一希腊，还是你做这一切只是为了让人们敬仰你？"亚历山大大帝很喜欢这个回答，摸了摸浴缸说："一浴缸全都是智慧。"第欧根尼立即回答道："我更喜欢一小滴运气，而非一浴缸智慧。"

在每节的介绍中，我试图聆听鲁米在诗歌中所谈论的含义并阐释其中的智慧。不过，被传输的灵性讯息只能经过我自己经验的过滤。毫无疑问，我会错失很多。好在有很多翻译者徜徉在鲁米诗歌的山脉和洋底。

本质

有一颗恒星在形式之外升起。
我迷失于那另一个世界。不看
两个世界，是甜蜜的，融于意义之中，
就像蜂蜜融于牛奶之中。没有人会倦于

追随灵魂。我现在已回想不起来，
在显现的层面发生了什么。我和
我一直想要认识的人一起漫步，清新
而又优雅，就像一朵睡莲或玫瑰。

身体是一艘船，我是摇晃它的波浪。
每当它下锚，我就把锚松开，
或把它砸成碎片。如果我变得
懒散而冷漠，来自我海洋的

火焰就会将我包围。我在火焰中欢笑，
就像黄金精炼自己。某一支曲子会让
蛇低下它的头，趴在尘土之中……
兄弟，我的头就在这里：然后呢？！

我已厌倦于形式，我进入本质。
每一个人都说：“我是碧蓝的大海。
在我里面潜水！”我是亚历山大大帝，
拥有最大的帝国，夏姆士，命令

我所有的军队朝向意义之军进发。

祷告是一只蛋

在复活之日，真主会说：“在地上，
你用你的食物为你的
体力和精力做了什么？你如何运用你的眼睛？
当你的五官变得模糊，

筋疲力尽，你用它们做了什么？
我给了你手和脚，
让土地适合种植庄稼。用我给你的
健康，你有没有

在春天耕种？”
当你听到这些问题，
你会站立不住。你会
屈膝弯腰，并最终认出恩典。真主会说：

“抬起你的头，
回答我的问题。”你会稍稍抬起头，
接着又再次垂下。
“看着我！告诉我，你做了什么？”你试了一下，

但你像蛇一样，
又一次趴在地上。“我要你说出每一个细节。快说！”

最后，你终于能坐起来。
“要说得清楚明白。我已给了你

这样的能力。
你用它们做了什么？”你转向右边，向
先知们求助，
好像在说：“我陷入了生活的泥潭。救我

出来！”他们
会这样回答：“已经过了求救的时间。
犁就停在田野。
你本应用它耕地。”接着，你又转向左边，

你的家人站在那里，
他们回答道：“别看我们！这是你和你的
造物主之间的
对话。”于是，你说出祷告，它是每一个仪式的

实质：“真主，
我毫无希望。我破败不堪。您是我最初、最后，
也是唯一的庇护所。”
不要像鸟儿啄食一样做每日的祷告，

祷告是一只蛋。
要把里面完全的无助孵化出来。

十四、教义学家：和一群人说话

鲁米在《教理》第10篇的开头提到一件事，我反复阅读，想理解他到底想要说明什么。一位政府官员来拜访鲁米的父亲巴哈尔丁。巴哈尔丁告诉他，他不该这样冒险。“我处于各种不同的状态之中，”他说道，“在一种状态，我可以说话。在另一种状态，我闭口不言。在一种状态，我可以聆听别人生活中发生了什么事，并回答他们。在另一种状态，我躲在自己家里，什么人也不见。在另一种状态，我完全痴狂，专注于真主，根本无法交流。你来这里太冒险了，寄希望我能和蔼可亲，并能和你谈话。”

我喜欢巴哈尔丁无法控制这些状态的说法。它们像天气一样变幻不定。在他臣服的生活中，如果内在天气正好，他就能出来，给予忠告，回答问题，并帮助他的朋友们。否则，他就闭门不出。他是在静修，对付他骄横的灵魂。对我来说，这似乎是用灵魂进行创作的艺术家的一贯行为。毕加索、乔治亚·欧姬芙、柯勒律治、凡·高、贝多芬。不要打断他们充满灵感的孤独。

> 当心！当心！
> 他闪烁的眼睛，他飘动的长发！
> 在他周围绕了三圈。
>
> ——塞缪尔·泰勒·柯勒律治《忽必烈汗》

而对于那些神秘家，不也应是如此吗？不再制定时间表，没有固定的办公时间。即兴钢琴演奏家基思·贾勒特并不是一般的神秘家，有一次，在试弹了几次之后，他从钢琴前站起来，走到台前，说道："有时候，就是即兴不起来。"

鲁米为流动的能量（他称之为临在）找到了许多意象。他说，它有时看起来像绘画的鹅毛笔尖、一张点亮蜡烛的脸；有时候，则像一支笛子发出的音符，一本书被打开或合上，手挠一下，眼睛眨一下。

穆塔卡里姆被认为是真主的名字之一。它的意思是"经由我们说出的话"。

证据

临在的证据：我们感觉
它从面纱后面出来八次，
抓住外面的人，然后回到
内在，甚至让那些没头脑的人

感到困惑。打开书，
分心，合上书。改变的
颤抖。绘画的鹅毛笔尖，
来自一支空笛的一个音符，

一张点亮蜡烛的脸。有些人
睡觉，另一些人躺在床上，醒着。
挚友在清晨起身，来到
户外。我们老师的

光的形式离开，但
他的勇气之光依旧。

两头驴子

朋友，对于月亮唯一的珍珠，有一种
甜蜜，但想一想，它在其中生长的
海洋，以及灵魂的巨大转轮。
澡堂墙上的涂鸦人物，

有他们智能的源头，但想一想，
是谁画了头脑！把油脂炼成油，
这需要诀窍。我们用来看的
羊脂冻的眼睛，设计得多么巧妙。

现在是黎明，但世界依然惊奇地
和黑夜坐在一起。有一头驴子，
它喜欢和其他驴子一起吃大麦。
还有一头驴子，它喜欢

发生在灵魂中的变化。现在，
静默让在你眼睛后面的那位发言。

印度鹦鹉

一个商人出发去印度，他问每一个仆人，他们想要
他带回什么样的礼物。
每个人都要有异国情调的东西：一块丝绸、
黄铜雕像、珍珠项链。

接着，他问他笼中美丽的鹦鹉，它有着
甜美的嗓音。
它说："当你见到印度的鹦鹉，向它们描述
我的鸟笼。说我与它们

分离，我在这里需要指引。问它们，我被关在

笼中，而它们
在草原的晨雾中自由飞翔，我们的友谊
如何才能延续。

告诉它们，我还记得，在早晨，我们曾一起从一棵树
飞到另一棵树。告诉它们，
喝一杯狂喜之酒，向我致敬，而我在这里，
陷于生命的牢笼之中。

告诉它们，它们在林中争吵的声音，要比
听到的任何音乐
更加美妙。”这只鹦鹉，是我们每个人心中的
灵魂之鸟，是想要

重返自由的那部分，是自由本身。它想从印度
带回来的，就是它自己！
因此，这只鹦鹉把它的讯息捎给商人，
当他到了印度，他看到

一个地方到处都是鹦鹉。他停下来，说出
它告诉他的话。
其中有一只离他最近的鸟儿浑身颤抖、僵硬，
从树上落地而死。

商人说：“这一只肯定是我鹦鹉的亲戚。我不该
说出这些话语。”
他做完了买卖，回到家里，带回仆人们

要他捎的礼物。当他

来到鹦鹉面前，它要求它的礼物。“当你把我的故事
告诉给印度鹦鹉时，发生了什么？”
“我不敢说出口。”“主人，你一定要说！”“当我
向原野上的鹦鹉

说出你的抱怨，其中一只心碎而死。它一定是
你的亲密伴侣，
或者亲戚，因为当它听到那些话，它默不作声，
浑身颤抖，然后死去。”

当笼中的鹦鹉听到这里，它自己也颤抖着
倒在笼中。商人
是个善良的人。他为他的鹦鹉感到悲伤，他心烦意乱，
嘟囔着词不达意的话。

一个快要淹死的人，会伸手想要抓住
任何东西。挚友喜欢
这样的挥舞，这要好过静静地躺着等死。
活在存在之中的人，

会不断地行动，无论你在做什么，那个国王
都在窗口观看。
当商人把死鹦鹉扔出笼子，它突然展开翅膀，
飞向附近的树林！

商人突然明白其中的奥秘。“甜蜜的歌手，
是我的讯息教给你这一招！”
“它告诉我，正是我声音的魅力，让我
被囚于笼中。

把它放下，就会自由！”鹦鹉又教给商人
几条灵性的真理，
然后向他道别。“真主保佑你，”商人说，
“当你迈向

你崭新的道路。我愿将你追随。”

十五、用生活做证：从欲望到渴望之路

在从欲望到爱和慈悲的旅途上，会经过边境站。有风把火吹旺，再把它吹灭。欲望就是火焰。相反，要学习成为风。当太阳经过天空，它整天都在创造阴影。

我路过门口

因为我与那一位分离，
我的脸苍老，我的头发花白。
他在我耳边低语：“不要听。”
对我的眼睛呢喃：“不要看。”

我们幸福的手给我们悲伤的鞋子
系上鞋带，我们一直想要抓住
巨石，让我们不致
沉没！我路过门口，

那是我爱之源的居所，
看它的模样：狂野的脸、
破烂的衣衫，分不清
左和右。你有何贵干？

然后开始呻吟，为
已经在屋里的那位！

边境站

我们把头变成脚，我们走进
并渡过河流，我们与军队
交战，然后跳出世界。我们
坐在爱的马背上，并且飞翔，

我们突破形式，人类的定义
四散在我们身后的路上。
第一阶段，血的沼泽，我们
沾血的双脚蹒跚。然后，

边境站，马杰农和蕾莉[①]生活的
地方，马儿们紧张不安。然后，
自我和它传奇的财富。
最后，我们走在海滩上，

每一步都吱吱嘎嘎地踩着珍珠。
现在，灵魂笔直飞翔，就像
飞蛾扑向夏姆士·大不里士的
烛火。我们一直都在朝这里迈进。

与你的火焰相混

我把自己视为一根刺：我向
玫瑰靠近。我是葡萄园，我记得
酿酒的技艺。我是一杯毒药，
我渴望成为解药。我是一杯

有着深色沉淀的美酒：我把它
全都倒进河里。我病了：

① 马杰农和蕾莉是波斯古典文学中的一对恋人。马杰农是鲁米诗歌中最主要的恋人形象，他因为对蕾莉的爱情而失去理智。

我把手伸向尔撒的手。幼稚的我
要寻找了解一切之人。一首诗

从地里长出治疗眼疾的药。现在，
爱对我说：“很好，但你没有看到
你自己的美丽。我是风，
与你的火焰相混，我把你搅动，

让你火光熊熊，然后将你缓缓熄灭。”

月亮变幻的形状

在这条河中，灵魂是一架水车，
无论它朝向哪里，水流
都向它倾泻，转动水车，又回到
河里。即使你用你的身体

挡住河水，水流依然
流过。阴影无法忽视
太阳，当太阳经过天空，
它整天都在创造阴影！

灵魂的生活，就像一滴
水银，在中风者的掌中。
或者说，灵魂是月亮，
每三十个夜晚，就会有

两个虚空之夜，合一，
它就消失。其余的二十八个夜晚，
它忍受分离之苦，痛苦，
但依然欢笑。欢笑就是

恋人之道。他们快乐地活，快乐地死，
始终容光焕发，知道正在到来的
回归。不要质疑这一点！
答案和由此而来的

更多问题，会让你的眼睛
看错。要活出那欢笑的静默。

十六、石榴红：在疯人院啃咬锁链

我很庆幸，我从来没有在大学课堂上教过鲁米的诗歌。我现在已经从讲台上退休了。如果我教过鲁米的诗歌，我可能会感觉有必要把他的诗歌归入理性主义的类别！在尝试这样做之前，一个人也会一路开车到米利奇维尔收容所办理入住手续。物以类聚，人以群分。说出你想要什么颜色的布，让男孩尔撒从大染缸里把它拉出来。

在边缘地带，有一种充满激情的混乱；在边缘之外，则是臣服。鲁米把它形容为难以言表的徜徉、不合理推论的问题、突然的下降、离得很近的爆炸感。什么是激情？美丽在哪里？有一次，我问我儿子本杰明："这渴望到底是什么？"他第二天早晨在电话旁留给我一张字条："也许是因为没有人有刹车。我们停不下来。呼——"

傍晚石榴红的天空

清晨打开一扇门，帮助那些
从不要求任何帮助的人。爱
撕扯它的衣衫。头脑开始
缝补。你来了，两个人都

跑了出去。我像沉香木一样燃烧，
想要触摸安排这一切的那位。有时，
穿得像灾难，有时，
像一个向导。牧场上，

自我之牛让它的嘴变甜。
一只鹦鹉爱上了一匹阿拉伯
小马。鱼儿想要亚麻衬衫。
喝醉的狮子捕猎喝醉的羚羊。

你如何进入形式，这无法说清。
一个人想要变质的奶酪。
祈祷毯都朝向不同的
道路。如果你要再次把

傍晚的天空浸入你的石榴红，
祷告毯的一角就会转向那条道路。

你愤怒的甜蜜刀锋

如果您的容颜并不在那里，去看
一座山崖又有何益？如果没有
提到您，为何要去聆听秘中之秘？
如果阿丹、哈娃[①]和他们的家人

根本不认识您，我该去向谁打听？即便我
得到丰盛、荣誉和每个人都想要的
所有满足，却从不与您相遇，
那又将如何？如果我看不到

您愤怒的刀锋上涂着蜂蜜，理解
又有何用？清水、新婚礼物、
尤素福的灵魂、点火的火花、头发
又有何用？难道千百条谎言

就能组成一条真理？两个世界
是否在呼唤彼此？我赞美街上的
流浪狗、旷野上游荡的狮子，以及
大不里士的夏姆士。我说什么，无关紧要。

---

① 伊斯兰教中人类的始祖，相当于《圣经》中的夏娃。——译者注

十四个问题

如果我折下整枝玫瑰，会如何？
如果我在挚友之中迷失自己，
会如何？如果没有信心，
又会如何？如果我把手

伸进扒手的口袋，会如何？
当一只篮子丢失在巴格达，
同时，一颗麦粒从谷仓失踪，
这是否意味着什么？

这个幻觉会持续多久？当恋人
与心上人静静地坐上一瞬间，
会留下什么？如果我说一些
不可言说之事，会不会与你

有关？当我这样做，我的心儿
会不会感到释然？有什么已经
在恋人和心上人之间经过。
你是不是正在发生的一切的

一部分？当尔撒治愈身体，
灵魂的感觉是什么？今夜，
生活的律法可以改变。如果
月亮来看望我，这会不会

影响其他人？夏姆士·
大不里士，如果我给工人放假，
如果我把集市翻转，这
会不会是一个意象，表明

你多么热爱这个世界？

庇护所

斟酒者，请放轻松。我们的
头脑已经搬进庇护所。
罐子的边缘变成暗红色，
城里在燃烧。这把梳子

没有手柄，只有梳齿。每
燃尽一根蜡烛，就有一只
新的飞蛾扑火！当听到
头脑因爱而疯狂，有些人

会想不通。他们的心儿
会紧锁。在臣服中，有
一种困惑，智力如此
讨厌臣服，它设计了

一把火焰之钥，来破坏
这把锁、这扇门和整座

房子，但爱的疯狂在此之前
就已离开，并且什么也没有

留下。没有房间，没有门，
没有锁，只有这从天而降的
朋友的庇护所，
我们称之为夏姆士。

除了让他自己丢脸，
在你的房间里踱步，
恋人还会做什么事？
如果他亲吻你的头发，
不要问这是为什么。
有时候，在疯人院里，
他们啃咬他们的锁链。

这泥做的身体
是真主的清晰显现。
天使们希望他们
能像我一样走动。
纯洁吗？小天使们
渴望着我的纯真。
勇气吗？我将手高举，

恶魔的军队即刻溃散。

没有什么光明，像您的光明，
没有微风，快得足以传送您的芳香。
当智能离开它的城堡，
并走过您的林中小路，
它不知道它在哪里，它是谁，
它坐在地上，牙牙学语。

一座绿色小岛

有一座绿色小岛，一头白色的母牛独自住在岛上，
岛上长满了青草。
母牛从早到晚都在吃草，吃得又饱又胖，但到了
夜里，它陷入了恐慌，又变得

瘦如发丝。“我明天还有什么可吃？什么也
没有剩下！”到了清晨，
草儿又长到齐腰高。母牛又开始
吃草，等到了天黑，

它又把青草全部吃光。它浑身充满力量，
但到了夜里，它又陷入
恐慌，一夜之间，又变得骨瘦如柴。母牛

就这样一遍又一遍地

重复。它从来没有想过:“青草
每天都会重新生长。
我为何每夜都要为此而担心?”母牛
就是身体的灵魂。

小岛就是这个世界。当心中充满恐惧,我们就变瘦;
当心中充满祝福,我们就变胖。
白母牛,不要自寻烦恼,为那些
可能或不可能发生的事情。

你的眼睛,当它们真正看见
一朵玫瑰或海葵,泪水就会
淹没旋转的宇宙。
在酒罐中保存了千年的
美酒,它的滋味还不及
刚满一岁的爱的疯狂。

折断的双翅

爱会拔出匕首,把我拉近。
锁和钥匙。折断双翅的鸟儿。
爱的宗教都写在这里。

还有谁会谈论这些?

你把我完全打开，或者，你把我
绑得更紧。在球场上，球等着
被再次击中。像易卜拉欣，
你把我推入火中。像穆罕默德，

你把我拉出来。“你更喜欢哪个？”
你问。全都一样，无论烦恼还是
平安，只要那是你的手。朋友会变成
敌人，忠诚会变成不忠。有些结变紧，

有些结变松。谨慎和反叛，
乱作一团。绳子和蓬乱的头发，
没人分得清。接着，母亲关爱的手
就会伸向她受伤的孩子。

十七、奢侈：流溢的丰盛

最奢侈的话语是赞念本身：一切非真，唯有真主！所有的愤怒、爱、善良、恐惧和贪婪，所有的事故、残酷、恐怖和温柔。您就在那里，那就是我们。

骑上马背

骑马穿过黄昏的蛛网，
就像十五晚上的圆月，
就像节日的阳光。履行着
每一个小小星座的心愿的星星，

驶进这些恋人的临在，在那里
你忆起了我，你环顾四周，抽出
你问题的利刃：“点燃
黎明蜡烛的那位在哪里？

哪里是与昴宿星光相连的那把泥土？”
你就像圣乔治[①]一样，一次又一次复活。
“那位从非在中呼唤存在的朋友在哪里？
他提及夏姆士·大不里士，将脐带切断。”

比我们更狂野

斟酒者比酒醉的我们
更狂野，比烈酒
更狂野。他会斟满酒盏，
然后离开，活在非在之中，

① 内维特·埃尔金告诉我，在伊斯兰传统中，有一位名叫圣乔治的先知被处死了70次，但每次都复活了。

用这样的祝酒词：回家吧。这里
没有什么可以给你。贝壳中的珍珠
并不触及海洋。要做一颗无壳的
珍珠，一场警觉的洪水，

变成飞蛾的蜡烛，头脑变成
空罐、筑巢的鸟儿、活出的爱。

十八、夜：黑暗、活水

黑夜有办法疗愈灵魂。星星、云朵和徜徉的月亮。灵魂之水洗净整夜不睡的恋人。疑惑消失了，夜贼画出新的旋涡、符号、徽章。一个有意思的老司机，停下一辆20世纪30年代干洗店送货的厢式车，让我搭便车。

是什么伤害了灵魂？

我们发抖，以为我们将要消解于
非在，但非在
更害怕，它会被赋予人形！
慈爱的真主

是唯一的喜悦。其他的愉悦会变得苦涩。是什么
伤害了灵魂？活着
却不去品尝它自己的本质之水。人们专注于死亡
和这个物质世界。

他们怀疑灵魂之水。这些疑虑可以消除！
用黑夜来唤醒
你的清明。黑暗和活水是一对恋人。让他们一起
整夜不睡。商人们

享用他们的大餐，然后睡得又死又沉，而我们
是夜贼，开始干活。

午夜时分，但你的额头
闪耀着黎明。你一路向我舞来，将黑暗
一缕缕地消散。让嫉妒终结。

我们想要的吻

有一个我们想要的吻
让我们渴望一生，那是灵魂
对身体的轻触。海水
恳求珍珠，张开它的蚌壳。

百合花，多么热切地想要
一个疯狂的爱人！
在夜里，我打开窗，邀请
月亮光临，并将它的脸

与我的脸相贴。把我吸进
你的呼吸。关闭语言之门，
打开爱的窗户。月光不会
由门而入，而只会跳进窗口。

让我们来谈谈我们的灵魂

让我们来谈谈我们的灵魂，
让我们甚至躲开
自己的耳目，
就像玫瑰花园一样，永远展露微笑。

就像幻想一样，永远无声地言说。
就像精神一样，统治着世界，

用无言诉说秘密。
让我们远离所有聪明的人，

他们教我们该说些什么，
让我们只说出我们的心愿。
甚至我们的手脚
都会感知每一个内在的行动，

让我们保持安静，
跟随内心的指引。
神秘的命运知晓每一粒尘埃的一生，
让我们讲述我们的故事，

如一粒微尘。

十九、黎明：在春天的清晨聆听

在鲁米不断提醒我们呼吸的黎明的空气中，有一种甜蜜的觉知：这时，我们感觉到自己与潮湿的大地和太阳的世系。微风于是充满了爱，而这爱充满了真主。

一些即将诞生的同在，这是他醒来所要赞颂的生命的力量：当身体开始用新的方式认知，放下头脑，它突然触及了他所谓的真正的热情好客。这首诗（《被汤所吸引》）让我想要喝一些浓汤作为早餐，以及那猛击，让一个人惊吓回真正的自我——心灵的中心。

鲁米赞美一个男人在一个女人面前所感受到的力量和温柔，因为那温柔、精神饱满的女性创造了黎明的红光！（《她是造物主》）

狩猎音乐

麝香和琥珀提醒我们：日出时的
空气，这时，任何一个小小的动作
都似乎是精心制作的
一部分。身体的竖琴被交给

灵魂演奏。琴弦：愤怒、爱、
嫉妒，所有的欲望混合成
它们的能量音乐。谁调试了
这乐器？风是它的一根琴弦，

夏姆士的双眼也是，在其中，一只
瞪羚，转而追逐那头狩猎的母狮？

超越爱的知识

夏姆士拥有超越爱的知识，一种
像空气一样的虚空。这让我伤心，
也让我困惑。在海洋中
漂流的木头。有一种改变，

让尔撒在每一次呼吸中诞生。
提及夏姆士，你说的话和
写的文章就会从内心点亮。
你相信，我所说的和写的

是血，并且一定不能溅出，一种
孤独的循环。我的理智躺在
走廊上，聆听语言，就好像它
是乐队在露天演奏的音乐。我

不会说，我的头脑忽视了我的
灵魂，但这是它们昨天的对话。
头脑："会发生什么？"灵魂："你
必须彻底忘记我。我所感觉到的

并不发生在时间中。"大火
已经烧到山上，以帮助我们
在夜间通过。头脑消失了。
你看尤素福无处不在。潮水

涌来。有时，大海变成了一滴水！
如果穆萨愿意，我们就会学习
卡巴拉[①]教义。如果尔撒愿意，我们就会是
基督教的圣餐。如果灵魂愿意，我们就会

变得宽广而通畅。如果大地愿意，我们就
牢牢站立，我们舞蹈，我们饥饿。像面包一样，
我们自内向外扩张。自我并不会
宽恕。它站在那里，粗暴地发令。

---

① 卡巴拉一词源于希伯来的阿拉姆迦勒底语，意思是"口述传统"，而卡巴拉教也是犹太教中最神秘的一支，算得上世界已知宗教中最正统的一支。——编者注

但晨风和一捧来自
大不里士附近的泥土
会治好我的眼睛，并
告诉我该做什么。

被汤所吸引[①]

我努力想象，最丰盛的
美餐：布格拉汗，从
东方来的军队的将军，在一个
秋夜，举办夜宴庆贺自己！

作为易卜拉欣的宾客，大天使
吉卜利勒光临，烤肥牛的晚宴。
接着，完美的布置，难以想象：
你黎明的声音，以及浓汤的

香味。我跟着香味，来到
一个充满光明的厨房。
我要求厨师让我尝一尝。
“这不是为凡人准备的。”

请用。你用汤勺敲我的头，我的
脑袋掉落：这是真正的好客。

---

① 传说布格拉汗率领的蒙古大军靠近科尼亚时，鲁米独自出城迎接他们。将军深受感动，于是他没有进城。“城里可能有更多像他一样的人。我们绝不能伤害他们。”

她是造物主

有一个传统，穆罕默德说：“一个聪明的男人
会聆听并接受一个女人的
领导，而一个无知的男人做不到。”有人受到
动物本能过于激烈的吸引，

缺乏善良和让人有别于动物的
似水柔情。
愤怒和强烈的欲望是动物的特性。
对女人的爱的柔情

表明，一个人不再被欲望拖着走。
女性的核心
就像一道直射的阳光来临。不是你在
情歌里听到的

世间形象，她的神秘还不止于此。你
可能会说，她根本
不是来自有形的世界，而是
它的创造者。

二十、盛宴：“这就够了”始终是对的

鲁米并不这样说，但在夏姆士给他带来的转变中，他发现，自己在一首伟大的诗歌中行走，呼吸着音乐，感觉海洋般的意识的彼此滋养的各个层面的热烈活力。

这就像是他听到了大爆炸，一切都飞入太空，同时，他是一个孤独的孩子，从篝火中拾起一根燃烧的树枝，并在夜空中用火花画出瞬间消失的无限的符号——躺倒的8字，他发出惊讶的笑声。

在我们死时，我们的周围全都是财富。我和我的恋人会做一个叫作“我们那时在哪里”的练习。在黑暗中，我们躺在床上，回顾我们一起度过的一天的经过。她说出一件事，我就把它挑出来，记忆就会浮现，我们的对话，以及我们心中的感受，回忆得越细越好。

这就够了

卖糖的商贩，我有新闻，尤素福
已经从埃及来到这里，他带来了
甜蜜的本质：一种可以拯救
你灵魂的汁液！灵魂之酒。

如果你还想要别的什么，他们也来了。
希德尔从一扇敞开的窗户到来。
阿佛洛狄忒[①]唱着加扎勒[②]。
天空上划出道道金痕。一根

发现石中之水的手杖。尔撒
静静地坐在动物们身旁。
夜晚是如此平静。这就够了。
这句话始终是对的。我们只是

还没有明白。戴胜鸟已经戴上
簇绒的冠冕。每一只蚂蚁
生来就佩戴精美的腰带。我们感觉到的
这份爱流经我们，就像一首

奉送的歌曲。现在的源头就在这里！

---

① 爱与美之女神。——译者注

② 一种诗歌形式，通常由5个联句组成。——译者注

尤素福

尤素福来了，这个时代的美男子，
一面胜利的旗帜飘扬在春天的花朵上。
你们这些人的工作，是要把死人唤醒，
起床了！干今天的活。猎杀狮子的

狮子，冲进一片草原。昨天
和前天都已逝去。你手中的
现在的硬币啪的一声落地，这个
城市的街道和房屋都说："王子

驾到！"鼓声开始敲响。我们听到的
挚友的消息是真的。那平安之美
让整个世界不安。展开你的
长袍，接住从第九层天堂

筛下的东西。你这只奇怪的遭放逐的
鸟儿，翅膀被夹住，如今，你有四对
羽毛丰满的翅膀。你的心儿关在一只盒子里，
把它打开，挚友正在进入你的心中。

现在是你的双脚跳舞的时间！不要
谈论那个老头。他又年轻了。也
不要再提过去。你明白了吗？
心上人就在这里！当国王正想

找借口搪塞你，你喃喃道：
“但是，我能给国王什么样的
借口？”当那只手正在试图
帮助你，你却说：“我怎样

才能从他的手中逃脱？”
你看到火焰，光明就来临。
你期望血液，美酒就被斟满。
不要躲开你天大的幸运。安静，

不要试图去增加已赐予你的。
数不清的恩典已经降临。

欢乐的临在

喜悦之源的源头，生命的
本质，在我的内在流动，
平安的美酒在我手中传递，
于是，你知道的，每个人

手中都拿着酒盏。大地上裂开
的伤口，完美的一击，翅膀的
阴影，一个强壮的工人的脸，
依然微弱的烛光，一个一目了然

的秘密，你带来礼物，

你把每一刻交给我们。
你是价值，沿着所有的
渴望流淌，你是发卡，

你是人类的中心。当意义的
海洋看到你——这欢乐的临在
经过，它露出困惑的神情。

一瞬间

在每一个瞬间，周围都有死亡和醒来。
穆罕默德说，这个世界
只是一瞬间，是它给自己冲一个凉，让它一下子
精神振作，重又充满活力，

它看似是持续的，就像从火中取出一根
燃烧的树枝，当你将它
在空中挥舞，它就看似一根金线，我们因而
感觉到，一串持续的火星。

二十一、诗歌：虚空之歌

酒盏喜欢干杯，诗歌想要沉默。无法言说的荣耀在鲁米的诗中得到庆祝。

它们是神秘的爱的诗歌。它们的动机是要吸引我们走出个人，而进入法纳的寂灭和巴卡的复活——神秘生命的两种运动。

灵魂之狮隐藏在语言的枯草丛中。大声说出这样的诗，会点燃灌木丛，于是，狮群就开始朝我们走来。

于是，会有情感的流动，一件被扯开、支离破碎的长袍。毫不犹豫地用它包裹你。什么也不要拥有。成为被风点燃的灰烬。

这样的诗是由渴望的语言写成，它们由鸢尾花、橡树、茉莉、夜莺、旭日、吵闹的鹦鹉和孩子们说出的话写成。我说的话语，让我酣醉。

酒盏

酒盏想要被举起和使用，不是
被摔碎，而是要小心地递给
别人。酒盏知道，在这之外，
你还有另一种状态，你会有

更加广阔的觉知。酒盏
看起来静止不动，但它
在暗中相助。有时，
你喝了一杯又一杯，

却什么也没有发生。相反，
要把酒倒进你内心的深洋，
不要去计算。如果视野
变得模糊，扶着栏杆前行。

荣耀归于变色玫瑰

春天是灵魂让自己恢复活力的
方法，潮湿的田野正在发芽。
玫瑰在绽放，小鸟在牙牙学语。
晨风吹拂万物：从柏树到鸢尾花，

告诉我，亲爱的……从鸢尾花
到郁金香，告诉我，你有多么忠诚。

悬铃木敲打着鼓点。松树在鼓掌。
鸽子用一个音符提问：咕，意思是

与我们相伴在一起？一枝粉红玫瑰
站得笔直。紫罗兰跪下。葡萄叶完全
匍匐。一种新的诗歌正在来临。
荣耀再一次向变色玫瑰[①]许诺。

雷霆说，在这荣耀中洗你的脸、
你的手和脚。水仙眨着眼，
来到夜莺身边，说："我们需要
一首新歌。"夜莺回答道：

"这首歌，献给爱的虚空。"现在，
植物们打扮得像希德尔。聆听
托钵僧秘密的时候到了。不，
珀涅罗珀[②]和茉莉异口同声道：

"静默，是最好的炼金术。"

---

① "荣耀归于变色玫瑰（Glory to Mutabilis）"，荣耀、变色玫瑰、珀涅罗珀都是玫瑰的品种。

② 珀涅罗珀是奥德修斯忠实的妻子，奥德修斯远征特洛伊时，她一直守在宫中，拒绝无数求婚者，最终等到丈夫归来。——译者注

我们贩卖的一切

如果你爱上爱情，那就寻找你自己。如果你是一只
已降落在这屋顶的鸽子，
就没有什么能长久地把你赶走。胡萨姆丁又在撒
谷粒和种子！

我会飞开一会儿，但随后这里会痛。
我很快又会回来，就像
吉卜利勒回到莲花树上。珍珠般的浪花向我们扑来，
问道："今天你好吗？"

当你被胡萨姆抓住，即使诸事不顺，
依然会有智慧到来。
这部《玛斯纳维》就是他的音乐。胡萨姆和我
有两张嘴，就像

一支藏在他和我唇间的芦笛，
在这里的野外哀泣。
但任何睿智之人都知道，出现在这里的一切，
都始于那里。如果这支芦笛

不再和他的嘴唇密谈，世界就不会在这样的
声音中清洗。如果你
有一把快刀，那就砍下你的头！然后，你做的每一件事，
并不是你在做它，

于是，你就安全了。没有人能责备你。这不是你的
责任。每一家店铺
都有不同的商品。鞋匠只有皮革。如果那里
有木头，那是要用来

做成鞋楦。布商有漂过的丝绸和布匹。如果
店里有铁，那是为了丈量。
这首诗是一家虚空的店铺。法纳和巴卡，
是我们唯一的商品。

你在这里看到的其他东西，只是一个诱饵，
是为了骗你进门。

诗歌和烹饪牛肚

我不希望任何人因我而烦恼。在冥想时，人们会离得更近，我的一些朋友会把来找我的人挡开。这并不是我的意愿。我的习惯始终是，绝不会不理睬那些来找我的人。不要为了我的缘故而责怪任何人。

我爱所有的朋友，为了让他们开心，我甚至会谈论诗歌！我还会为了什么而这样做呢？没什么比谈论诗歌更糟了！但他们期望我这样做。

就像一个不喜欢牛肚的厨师，他把手伸进牛肚中清洗并准备这些牛肚，因为他邀请的一位客人喜爱牛肚。一个人必须考虑别人想要什么，并为此

而做准备，即使他不感兴趣，并且他知道这些食物品质低劣。

为了不让你感到厌烦，我就写诗。我受教于许许多多的学者和神秘而深刻的灵魂，他们传授给我高深而又精微的观念。真主表明，我应该继续这项工作，如果我是在我出生的国家，我会的，但在这里，该怎么办？

在巴尔赫，做一个诗人是可耻的！如果我能像我父亲一样一直在那里讲道和写作，我就会继承他的研究和修行。

这里可是一个上演故事的地方？

打听一下，这座房子是谁的，里面
有音乐持续不断流出。这是天房，还是
光明的圣殿？这里是不是有什么
宇宙都无法容纳的东西？或者，

这里可是一个上演故事的地方？不要
把它推倒！也不要尝试和房主说话。
他在睡觉。把这里的灰尘和垃圾
制成香水，这地方由诗歌构成，

厨房里的谈论是纯粹的赞美！
无论谁走进这房间，都会变得睿智。
这是爱之家，在这里，没有人能

区分绿叶和鲜花、陷阱和诱饵。

一切在映照一切。发梢
经过梳齿。没有人知道
任何人的名字。不要在门口等待!
走进这座满是狮子的森林，不要

考虑危险。你无须每到一个地方
就生起篝火。狮子的丛林是静默，
你说的任何话都会是火焰，足以
把它们从休息的地方吸引过来。

一贴用污垢制成的药膏

我曾是一根刺，匆匆赶去与玫瑰相伴。
我曾是醋，与蜂蜜相混。一罐
变为疗愈药膏的毒药。我曾是
倒进水槽的烂酒糟。我曾是

一只患病的眼睛，想要抓住尔撒的
长袍。一块在火上烹饪的生肉。后来，
我找到一些污垢，做成会荣耀
我灵魂的药膏，在搅拌时，我

找到了诗歌。爱说:“你是对的，
但不要认同这些改变。要记住，

我是风。你是我点燃的灰烬。”

我说的话语，让我酣醉

心上人埋怨着我：来吧！
来吧！但我要走哪条路
才能来到他的面前？门口
点着火炬。谁在那里？是我！

在屋里问话的人，
走到门口，
他偷走了门把手！
油和水相混，我

怎能完整？我就像这头发，
既是躲藏的地方，又是
月光下的开阔地。我
查看房子的四周，寻找

偷走我衣服的人，小偷
拿着衣服，从打开的窗户
探头向我大笑。我想尽
一切办法寻找出路，而

现在，我已逃脱这个牢笼，
自从——啊——永恒。

我说的话语，让我酣醉。夜莺、
鸢尾花、鹦鹉、茉莉：我说它们的

语言，同时也说出，我对
夏姆士·大不里士的思念。

二十二、朝圣者的注意事项：相遇的机会、尊严和目的

鲁米建议我们每个人都成为一个打谷场、一片干净的平地，让小麦收进谷仓。为相遇而打扫干净，这包括准备和因我们的悲伤和失望而大声哭泣。悲叹会将我们清空，让临在到来，对于他人，这样的平静具有疗愈的作用。

在这一节中，诗歌的基调常常是严肃的。鲁米说，他喜欢在蜂蜜里加一点醋，在责备中加一点爱，以让狂喜变得更为人所熟悉。这听起来就像我父亲每天早餐前吃的亚拉巴马补药：一勺蜂蜜，再加点醋。

还有就是他所谓的清扫工作，这会扬起灰尘，并让一切都发出让我们感到困惑的光芒。那是什么？我想，语言无法说清。某种会让人多愁善感的工作？

不是在这里

如果你想要成为真理，
就需要勇气。在恋人身上，
有一个裂开的伤口。在庸人身上，
哪里能找到勇敢、同情的品德？

陈旧而僵硬的思想，
又有何用？我想要一个
痛得让人大叫的伤口。这里不是一个
堆放金子的宝库，这里只存放黄铜。

我们是炼金术士，寻找能够
加热和改变的智慧。不温不火，
毫无用处。半心半意，只会止步不前，
做好人就能通过？绝非在这里。

哭号出你的悲伤

哭号出你所有的悲伤、
你的失望！用波斯语
说出它们，再用希腊语。
无论你是来自东罗马帝国，还是

阿拉伯，都无关紧要。赞美
所有生命赞美的美善。

你受伤害，并有强烈的愿望，
但你的临在是带来疗愈的平静。

太阳、月亮、篝火、蜡烛，
你是哪一个？有人说
你的火焰就要熄灭，
但你并不是烟或火。

你的生命具有无限的
活力。你觉得这如何！
这种振翅的爱不会在我
心中久留。很快，它会

像一只猎鹰飞向它的主人，
就像一只猫头鹰说“呼[①]”。

扫帚的工作

如果每一颗心儿都有这样一条
通往挚友的密道，那在每一根
荆棘的刺尖，就会有一张
花园长椅。每一次悲伤，

都是一次盛开。火红的灵魂

① 呼（Hu），是人类呼出的神圣临在。

彼此欣赏。站立的闪电
是满月的门卫。如果它不在，
天空的转换就会开始

在地上发生。如果
腿、脚和翅膀带我们去
心上人那里，那每一个原子就会
变成这样的传送。如果每个人

都能明白，爱是什么，那
每个人都会在海上支起帐篷。
世人曾在海上扎营，轻松地
在海上生活！如果在

每一个恋人的泪水中，你能看到
挚友的容颜：穆罕默德、尔撒、佛陀、
不可能和可能的哲学家、那颗
划玻璃的钻石——

夏姆士·大不里士，那将会如何？
友谊之火会消融分别：昨天会变成
明天。在绿屋顶下，要低下头。
继续扫地。扫帚的工作，

让一切都发出让我们
困惑和难以忍受的光芒。

一片干净的平地

你指责，提出忠告，并
建议治病的符咒。你对
恋人的陪伴做出详细的
分析，并得出明确的结论。

你真的认为自己是一个
恋人？一块干净的平地，
免费把小麦交给谷仓！
除非依靠大地，否则

没有种子可以长成秧苗。
你明白这一点。为什么要
不停地进行个人评判？
爱的火焰露出悲伤的微笑。

忠告无法带来平安的
清凉。月亮的银光
洒向这个世界，而爱在
某个地方静静等待，比如说，

大不里士的枝头，
一只鸟儿开始歌唱。

两只麻袋

一个贝都因人的骆驼驮了两只大麻袋。其中一只
装满了粮食。他在路上遇到
一个侃侃而谈的沙漠哲学家，和他聊起他从哪里来，
以及许多别的话题，

两个人聊得非常投机，就像一串
匀称的珍珠。最后，他说：
“跟我说说，这两只麻袋。”“一只，装满了麦子。
另一只，装的是沙子，

为了保持平衡。”“把装沙的袋子倒空，再把麦子分成
两个半袋，这岂不
更加明智？这样，麻袋就会变轻，
骆驼也更轻松。”

这个贝都因人佩服得五体投地。“你真是一个
敏锐的思想家，你怎么会
在沙漠中跋涉，衣衫褴褛，满脸疲惫？请骑上我的骆驼。”
他把哲学家扶上骆驼。

“请告诉我，你的智慧都给你带来了什么？”
“其实，我并不非常聪明，
也没有才智过人。”“你拥有多少头骆驼？
多少头牛？”“别开玩笑了！

我一无所有。”“那你一定是开店的。你都
贩卖些什么？”“我并没有
店铺。我甚至没有住的地方。”“那你一定在哪里
藏着一大笔钱，或者，你是一个

流浪的炼金术大师，你的意见非常值钱。”“听我说。
我连今天的晚饭都
没有。你看，我甚至没有鞋子。谁给我
面包，我就会

去谁那里。我聪明的头脑只给了我头痛和
疯狂的幻想。”贝都因人
于是得出结论：“你的知识并不吉利。我不想
和你一路同行。我可能会

沾上你的霉运。从骆驼上下来，无论你走哪条路，
我都会选择相反的方向。我的愚蠢
只在于一袋麦子和一袋沙子。至少，我有
虔诚的灵魂，愿意领受恩典。”

要放逐这样的旅伴，他有着盘算的头脑。
狡猾的无赖认为，
人老了，就什么都不知道了。他们丢弃
耐心、牺牲、慷慨，

以及从不算计的淳朴。那淳朴的游牧者
为威严打开了
一条道路，威严就走在这条路上。

二十三、雾中的苹果园：在语言和灵魂的真理之间

拉姆·达斯曾经说，他在苏非诗歌中听到一种生活在边缘的爱，那种融入神性的满溢的快乐、困惑的调情般的抚摩。

在鲁米的诗歌中，常常有一种存在于两个极端之间的强烈感觉：灵性和动物性之间、全然的臣服和欲望的折磨之间、赞美和弃绝之间。一切非真！唯有真主！

鲁米觉得，如果我们要真正地生活，那我们就一定要深深地体验到本质的能量。漂浮在大海上的杯盏，不要让你的杯沿变干！夜晚的骑手，要了解载着你穿越黑暗的那匹马、让我们经受世事的坚强肌肉。

在《玛斯纳维》第6卷中有一段话，描写了灵魂生活的感觉就像一个苹果园，语言就像厚厚的晨雾一样笼罩着它。当太阳升起，晨雾渐渐散去，我们就得见那滋味，不可言说之美。

祈祷改变

您把一块泥土变成黄金。您把另一块泥土
塑造成阿丹。您的工作是
转化本质，并显现灵魂。我的工作
是健忘和犯错。

把这些变成智慧！我是所有的愤怒。把它们
变成充满爱的耐心。您
把苦涩的泥土变成面团，把烤面包化为
人体的能量，您

给迷路的人指派向导，为迷失者派来先知，
您在优雅的设计中
随意安排补丁，我们已由我们最初的样子
改变了千万次，

每一次的展开都好过上一次，让我们的
内心之眼看到这一点：所有
改变，都来自那位改变者。不要去理会媒介！
当它们减少，喜悦就会增加。

当我们与帮助我们的神秘的中间人相遇，
困惑就会消失。
但正是这种困惑把我们更深地带入临在！
相继的生命从

相继的死亡中生长。帮助我们留在这相续中，它是
在其中的方式。不要让我们过多地爱上
某一种生命形式，这会让我们在原地停留，
就像一只谷仓里的老鼠。

从矿物到植物，到动物，再到行走的人类，
他留在沙滩上的脚印，
指向海洋，并且消失！穆罕默德说：“有三种人
特别可怜。失去权力的权贵、

没了钱的富人，以及遭人嘲笑的学问家。”
但这些人都非常想要改变！
有的狗满足于坐在狗窝里。但有人
在去年品尝过狂喜的合一——

预先签订的永恒协议。今年，他却因
喝了欲望之酒而宿醉，
他在为他失去的高贵而哭喊，
把这渴望给我！

小镇间的小集市

有一个给灵魂提供食物的小镇，爱在那里
聆听真理，并欣欣向荣，
而另一个小镇，生产贬低爱和让爱挨饿的
谎言。你的声音则是

设在两个小镇间的小集市。货物从两个方向
运到这里，粗制滥造的
冒牌货和真材实料、认真制作的工具和器皿。
有些游客一眼就能

把它们分清。一些声音开了一家店铺，骗了六十年
顾客，当客人离开，
还要说他们的坏话，阿谀奉承，是为了得到
妇女们的青睐。

也有人完全厌倦了这个集市，
几乎从来不去那里。

在法学院的恋人们

胡萨姆，请讲波斯语，尽管阿拉伯语非常动听。
除了这两种语言，爱还有
一百种其他语言。一种芳香、一种静默——
我们洗耳恭听的发言。

恋人们前往布哈拉，但不是为了聆听学者的讲演。
他们去那里，是要探寻
挚友的容颜。他们学习法律，但其实，他们
在狂喜中旋转。他们

计算金钱的加减，但其实，他们是在挖掘

灵魂的宝藏。他们
谈论离婚和分居，但其实，他们正
靠着背，驾着马车，

在通往布哈拉的路上，灵魂之美
是他们唯一的专长。

杯盏和海洋

我们看似是这些形式，漂浮在意识生命
之海上的杯盏。
它们斟满、下沉，没有留下一串气泡或
任何告别的泼洒。我们的本质

就是那海洋，近得都看不见，尽管我们
在其中游泳、畅饮。不要
做一只杯沿干燥的杯盏，或做一个骑师，
他骑了一整夜，却不了解载着他一路飞奔的那匹马。

二十四、唯物论的笑话：把面包变成粪便

有关位置和身份的问题——我们在哪里，我们是谁，在这里被喷嚏打进形式中，装进一个袋子，然后让我们把袋子撕开。因此，会有一种超越，但我们要超越到哪里去呢？在蓝色天空的袋子之外的某个地方，我们依然在寻找一把钥匙，在转向印度或突厥斯坦。但不知何故，鲁米说，我们是开悟者行走其上的大地！我们是喧嚣的物质世界的一部分，也是揭示它奥秘的进化的语言。粪便与其他元素混合，才变成了肥沃的土壤，又与阳光、雨水和种子混合而成为谷物和面包，重又变成人类眼睛中的光亮。正如鲁米所说，一个笑话可以包含深刻的真理。

鲁米认为，引经据典以获得赞美是一种特别丑陋的唯物主义的形式。想一想《书之美》。一个老女人把《古兰经》的书页捣成纸糊，用来填平她脖子和脸上深深的皱纹，以使自己更有魅力。当我们在做鲁米所说的擦亮

心灵的工作时，一种不那么怪诞和更真实的美就会来临：深入内在的宁静和冥想，这会帮助灵魂变得更加慷慨和美丽。

骑马者是鲁米诗歌中所描绘的人格错误膨胀的意象，当摆出英勇的姿势、怀着感伤回忆的自我来到一个驿站，他下马询问死神的下落。“喂，傻瓜。”死神说。啪的一声。鲁米继续说道：“我就是那个骑马之人和他的幻觉。我还要一直指着别人多久？大不里士的夏姆士是一座喷泉。我们在他眼中的泉水里清洗。”

骑马的人

看看这个骑马者的形象，
他的头巾用金线缝制，
摆出一副英勇的姿势，问道：
“死神在哪里？指给我看！”

他看似强大，但他是一个
冒牌货。死神从四面八方
发起攻击。喂，傻瓜。现在，
你的魅力，你了不起的气质

在哪里？你说的笑话，你
送给亲戚的地毯在哪里？
用你的一生把面包变成
粪便，这并不足够。

我们在扒开粪便，寻找
珍珠。有些人带来
真主的光明。为那些人
服务。不要轻视任何苦难。

我对自己说这些话。
我就是那个骑马之人
和他的幻觉。我还要一直
指着别人多久？大不里士的

夏姆士是一座喷泉。我们
在他眼中的泉水里清洗。

这场灾难

为何我是这场灾难的一部分、这个
给驴子准备的泥坑？这里是不是
尔撒曾经讲道的地方？当然不是。
桌子已经设好，但我们还没有

畅饮甘甜的泉水。显然，我们
来这里是要被缚住手脚。我问
一朵花儿：“你怎么会如此聪明，
如此年轻？”“当第一阵晨风吹来，

第一滴露珠滚落，我就失去了纯真。”
我追随那位给我指路的人。我
伸出一只手，用另一只手
触摸大地。一根粗壮的树枝

从天空伸下来。我要一直谈论
上和下多久？这不是我的
家：静默、寂灭、非在！
我回到一切都是虚空的所在。

喷嚏打出动物

我寻找我曾经看见的
光明。钥匙就藏在
这里的某个地方。我面朝印度，
然后转向突厥斯坦。我是

你行走其上的大地。有一个关于
努哈方舟的古老故事，那时，
垃圾开始堆积。没错！
那只方舟深陷困境。

努哈抓住一头猪的后背，
猪打了一个喷嚏，喷出
两只老鼠，老鼠吃掉垃圾；
接着，努哈抓住一只狮子，

狮子打了一个喷嚏，喷出几只猫，
猫吃了老鼠。我被一只狮子喷出，
又被装进一只袋子，我在里面
听见：如果你是一只幼狮，那就

把袋子撕开。我撕开袋子。
夏姆士·大不里士，活在
蓝色天空的袋子之外。

不对夜晚感兴趣

物质世界所珍视的一切，
在灵魂的真理中并不闪烁
同样的光芒。你一直对你的影子
感兴趣。相反，要直视太阳。

只看时空中彼此的形状，
我们又能了解什么？有人
在夜里半梦半醒，看见
想象中的危险，晨星

升起，地平线变得
清晰，在行进中的商队，
人们成了朋友。夜鸟也许认为：
黎明是一种黑暗，因为

黑暗是它们所知道的一切。
不对夜晚感兴趣的鸟儿
是幸运的，它在我们称为
夏姆士的阳光中飞翔。

吸引力是如何产生的

穆萨对一个喝醉了的崇拜金牛犊的人说：
“你还怀疑吗？

你曾经那么怀疑我。红海曾一分为二。
在旷野中四十年，食物

每天都会自动到来。泉水从一块石头里涌出。
你目睹这些，
却依然抗拒先知的观念。后来，魔术师
萨米里变了一个戏法，让

金属的奶牛低头，你就立刻跪倒！那个空心的雕像
说了什么？你有没有听说过
像你自己一样愚笨的人？”吸引力就是这样
产生的：珍视虚无的人

会因没有价值而欣喜，认为没有
意义或目的的人
会受到无益的形象的吸引。物以类聚。
一头牛不会转向

一只狮子。狼群对尤素福不感兴趣，除非
把他吃了。但如果一头狼
的野性得到治愈，它就会睡在尤素福身边，
就像一条狗在冥想者

的周围。灵魂的陪伴会给朋友所在的洞穴
带来安全和光明。

书之美

这是关于一个想要靠化妆来引诱
男子的老女人的故事
的结尾。她把《古兰经》的书页捣成纸糊，以填平
她脸上和脖子上

深深的皱纹。亲爱的读者，这个故事说的并不是老女人。
它是关于你或任何想要
用书本来让自己更有魅力的人。她就在那里，
蘸着唾液，往自己的脸上

涂着纸糊。当然，纸糊不停脱落。
“魔鬼！”她大叫，
魔鬼真的现身！“这样的把戏我从没见过。你并不
需要我。你自己就是

恶魔的军队！”人们就像这样窃取灵感之语，以得到赞美。
何必费事。当死神来临，
所有的话语，无论是不是偷来的，都会停止。
当这种情形发生，要同情那些

不知道静默的人。用冥想和静默擦亮你的心灵。
让内在的生命像尤素福一样，
变得慷慨而又英俊。祖莱卡[①]就是如此，她的

① 祖莱卡是埃及人波提乏的妻子。在鲁米看来，她是恋人的一种类型，就像马杰农迷恋蕾莉一样，她迷恋英俊的尤素福，她听见的每一句话、每一个声响，比如一阵风、火堆的噼啪声、鸟鸣，无不是来自尤素福的讯息。

“老女人春天的寒潮”变成了

盛夏的七月。干燥的嘴唇由内而外湿润。墨水不是胭脂。
让语言躺下。现在，是爱呼吸的所在。

山脚下

一个老人去看病：“我的脑袋不再是它
从前的样子。”“当你这么大
年纪，头脑就会虚弱。”“有时，我会看见黑点。”
“老人家，是因为你老了。”

“我浑身僵硬，后背疼痛。”“你老了。”
“我消化不了我吃的食物。”
“消化不良，也是因为年老。”“有时候，
我呼吸不畅。”

“是哮喘。年纪大了，人会生
两百种病。”
“笨蛋！”老人大叫道，“对所有的问题，
难道你只有一个答案？

你在同一个地方，反反复复缝同一针！难道
这就是你学会的全部医术？！
你这个庸医，难道你不知道，对每一种病痛，
真主都赐予了不同的药方？”

医生回答道："这样的暴怒，是活到六十岁的
症状。"老人
哑口无言，起身离开。不是每一个老人，
也不是每一个医生

都像这样。有福之人外表变老，而内心
变得年轻。他们会返老还童。
他们何必去关心世间的阴谋、仇恨和
英雄主义？他们深刻的

核心是对灵魂向导的爱。真主就住在那里。一个孩子
在他父亲的棺木边哭泣。
"他们为什么把你埋在地下，把你装进
如此狭窄的盒子里？

没有门垫，没有地毯，没有油灯，没有面包，没有
食物的香气，没有带锁的门，
没有通往屋顶的梯子，没有可以求助的邻居。
人们喜爱抚摩和

亲吻的身体，为何要去一个潮湿的地方？
那里没有什么可以久存。"儿子
一边描述着坟墓，一边哭泣。年轻的
纳斯鲁丁①走来，听见他说的话。

① 纳斯鲁丁是中东地区传说中的一个滑稽的机智人物，相当于阿凡提。——译者注

“他们是要把死人抬到我们家去！”
“别傻了。”他父亲说。
“但听听他说的话！没有油灯，没有食物，没有
能关紧的门。还有一个破烂的

屋顶。这听上去就像我们的家！”同样，人们
的身上带有他们意愿的
标记，但在他们又窄又暗、不点灯、不见阳光、
山脚下的家里，他们却看不到这样的证据。

二十五、法纳：消融于疑惑和确定之外

法纳在夜空中运动，就像一颗无名的星辰。中心的明珠，没有对象的爱，一个摇曳的存在，悲悯的诀窍。恋人们热爱死亡，因为它让他们超越极限。

当我在读高二时，葛培理布道大会[①]来到查塔努加镇，我受邀前往。我把我的心献给耶稣，然后回到后台，那里的一群名为航海家的人在做跟进工作。我开始与查克·博韦背诵《圣经》诗篇，有227首，大多是詹姆斯一世钦定本《圣经》。我可以一口气背出它们。我喜欢那种传输感。在我背后的口袋中有一只黑色的皮夹，无论到哪里，我都会把我正在背诵的25首诗歌放在里面。有一天，我和我的主要对手比利·D.佩韦对决，装诗歌

① 葛培理是美国当代著名的基督教福音布道家，第二次世界大战以后福音派教会的代表人物之一。他经常担任美国总统顾问，在盖洛普20世纪名人列表中排名第7。由他主领之布道会被统称为“葛培理布道大会”。——编者注

的皮夹掉在地上。他把它捡起来。“这是什么？”那时是1953年，而当时对于我所采取的这样一个奇怪的小小的法纳跳跃没有任何解释。“是我正在背诵的《圣经》诗篇。”我沮丧地说。

现在，我想到给我9岁的孙女布丽妮做一个这样的小包，里面放一些莎士比亚、济慈、华兹华斯的摘句，也许有些《圣经》、C.K.威廉斯、艾杰、叶芝、霍普金斯、狄金森、玛丽·奥利弗的摘句。这个没有建筑、教义或神职人员的露天庇护所，我们有些人现在就生活在其中，在这里，主就是一切存在，不会比这更少。

没有宗教的生活的实验，或者可以说，同时与所有宗教和文学友好相处的生活，是勇敢的美国人为自由和流动所做的尝试：梭罗在瓦尔登湖独居，杰克·巴恩斯（海明威《太阳照常升起》中的人物）溜进古老的西班牙教堂聆听他的想法，乔·米勒在金门公园散步，乔·坎贝尔对神话的毕生研究，奥修·拉杰尼希对许多修行传统的精彩解读，哈克独自在夜晚的河上，R.E.M.乐队的迈克尔·斯泰普在舞台上演唱《失去我的宗教》……有许多强有力的包容的姿态、人物以及旅程，他们探寻在任何信仰体系结构之外的奥秘。这就是法纳。

不信教的鱼

大海之道，就是鱼儿的
灵魂之道，鱼儿死去，
以成为大海。鱼儿并不会
耐心地等待海水！

这个充满形状的世界，
没有形式的你，就在其中！
你已经从我的一滴血中
造出了一个宇宙！现在，

我糊涂了。我无法区分
世界和水滴，我的嘴和这
酒杯，是同一片嘴唇。我是
无名之辈、愚昧的牧羊人。

我的羊群在哪儿？牧羊人是谁？
当我谈论你，我哑口无言。
我可以把你放在哪里？
你不适合秘密的世界，

也不适合这里。我所了解的灵性，
就是这种爱。不要把我称为
一个信徒。不信教者更好。

一颗无名星

当婴儿被从奶妈那里带走，他很容易就会
忘记她，并开始吃
固体食物。种子吸收大地的养分，然后抬头
朝向太阳。所以，你应该尝尝

过滤的阳光，并为没有个人性的目的而工作。
你就是这样来到这里，
就像一颗无名星，在夜空移动，
发出无名的光芒。

在你死前死去

爱的阳光是挚友的容颜。这另一种阳光
照耀一切。白昼
和每天到来的面包，并非用来崇拜。
赞美那伟大的

心灵，而你自己内在的爱的痛苦也是它的
一部分。做真主的一条鱼，
直接从它畅游其中的海洋获取所需——
食物、住处、睡眠、医药。

一个恋人就像在母亲怀中的婴儿，对可见
或不可见的世界

一无所知。一切都是奶，但他不能
给它下定义。他不会说话！

这就是让头脑疯狂的谜语：开启者和
被开启者是同一回事！
是鱼儿内在的海洋承载着鱼，而不是
河水。时间的河流

汹涌着，和这条鱼一起消失于海洋。种子
破土而出，并消融于
大地。只有到那时，新的无花果树才会长出。
所以，你必须在你死前死去。

庇护所

我看到灯盏、脸庞、眼睛、
一个灵魂在那里鞠躬的祭坛、
一种欢欣和一个庇护所。我的爱说：
“在这里。我可以把我的个性

留在这里。”我的理智也同意！
“当一朵弯腰的玫瑰
像翠柏一样挺直，我怎能反对？”
这样的臣服会改变一切。突厥人

理解亚美尼亚人！身体放弃

身体的属性。灵魂前往中心。
红宝石出现在乞钵中。
但当这种情形发生，不要吹嘘。

退隐，默不作声。停留在
喜悦之中，并被带到
将会到来的酒盏前。放下机巧。
静修，这新的喜悦就会来临。

没有对象的爱

有一种爱的方式，并不依附于它所爱的对象。
观察水是如何与大地
相处，永远流向海洋，尽管大地
想要拉住水的脚步，

不让它远走。我们也是这样对待美酒和
美食、财富和权力，
或只是一片干面包：我们因想要的欲望而
酒醉，接着，头痛，

然后，受苦。这些都证明，执着会抓住你，
拖住你。现在，你
骄傲地拒绝帮助。“我的爱是纯洁的。我与真主有一种
直觉的合一。我并不需要

任何人告诉我，如何才能自由！”情形并非如此。
一种没有对象的爱，
才是真正的爱。其余的一切，都是没有实质的影子。
你是否见过，有人爱上

他自己的影子？我们就是如此。放下
爱的碎片，并找到
完整的爱。能这样做的人在哪里？他们是
如此稀有，那些带来

祝福的心儿，慷慨地把祝福带给一切。摊开你
乞丐的长袍，接受
他们的慷慨。世间的一切都会损坏这块布料，
就像一块锋利的石头，

撕裂你的诚意。保持这种完整，并运用清明，
称它为理智或洞察力。
你的内在拥有决定的力量，它知道
要接受什么，拒绝什么。

走出来，并施舍些什么

每个先知都是这样乞讨的乞丐：“看在真主的分上！
求求你，借点东西
给真主。”他们所乞讨的人才是真正的穷人，
但先知们依然

挨家挨户乞讨。虽然天堂所有的大门都向他们
敞开，但他们还是乞求
一片面包。他们吃下乞讨到的面包，但他们乞讨
并不是因为食欲。实际上，

不要说他们吃的是面包，他们吃的是光明。
真主说“饮食
要适度”，但真主从来不会说“当你接受光明，
要感到满足”。

真主将世间的财富赐予一位老师，
老师回答道：“我要与
真主相爱，并希望因此而得到酬劳！”一个仆人
会因他的服务而得到报酬。

一个恋人只想沉浸在爱之中，这海洋的深度
永远无人知晓。
这不可言说！胡萨姆，让我们回到
先知沿街乞讨的故事。

听他说：“爱不计后果。爱会让海洋沸腾，
就像一壶开水。爱会让一座大山
化为齑粉。真主怀着爱，对穆罕默德说：
‘但为了你，我不会

创造出宇宙。’爱说：‘这世界是鸡蛋。你
是小鸡。’一切

都会帮助我们理解这一点。”大地低下，是为了让我们
了解谦卑。春天的绿意

是要彰显，发生在我们内在的炼金术。
每一种经验都像
一个托钵僧，求我们走出来，并施舍些什么。

两个真人大小的婚礼蜡烛

一个甜蜜的喜讯来到你
心中：七个朋友和一条狗
睡了三百零九天，真主的
风吹拂着他们，从这一侧

翻身到另一侧。还有另一种
我祈祷我们要避免的睡觉的
方式！它追随喜悦，身后
却始终拖着悲伤的影子，

或相反，总是追随悲伤，
在转角，偶尔遇见欢乐。
帮助我们用头脑中的
好与坏、干与湿的标尺

放弃来回、真假的变换。
鳄鱼吞下的任何东西

都会变成鳄鱼。两个
真人大小的婚礼蜡烛

走向火焰。一张画满数字
和彩色线条的纸落在水中，
字迹变得模糊，然后漂走。

二十六、人类的悲伤：我们来这里是要吃掉世界

有一种撕裂，具有疗愈的作用，它使我们更有活力，需要一种悲伤，才能进入无条件的爱的王国。

烤箱中的热量会把我们烤成面包，为世人提供美味和营养。鲁米始终对悲痛和失望持肯定态度，对所有否定中的肯定发狂。

鲁米咽下悲伤和阴影，并代谢成为他的困惑、臣服的自我，然后努力淳朴而慷慨地生活。

这只磨损的锅子

无论你有什么感受，挚友都在把你
从它们那里拉走。那一位并不
治愈你的伤口，或更多地折磨你。
既不确定，也不怀疑，那一位

让你保持行动。在夜晚做出的
决定，第二天会显得奇怪。当你
睡着时，你在哪里？一个魔术师
蜷缩在床头。在山谷中，你感到

不安，于是你走向大海。然后，
你转身朝向光明，并跌入火焰。
谁在晃动这只磨损的
锅子？天空给你套上轭，

以帮助你绕着杆子转圈。
老师变得像弟子一样头晕。
杀死你的狮子现在在想，
是把你拖走，还是在这里

把你撕成碎片。有一种撕扯
是真正的愈合，它能让你更有活力！
一只狮子把你抱在怀里。手指
拨弄琴弦，寻找着音乐。一个

罗盘围绕着金属指针旋转。
有人喜爱战斗的盔甲，有人
喜爱绸缎的衣服。还有人，像我一样，
喜欢一串串称作诗歌的词句。

一个柔弱的少女

做人是多么可悲！让我们
把这悲伤饮尽，但以不同的方式。
我们与祝奈和贝斯塔米[①]坐在一起。
在这里升起的明月，不会

被乌云遮蔽。对恋人来说，死亡
并不存在。那个自我是谁？一个
柔弱的少女，当我们抽出无我的
宝剑，她就现身。大地吃掉死去的

男人和女人，而我们来到这里
是要吃掉世界，这个想要
用明天来愚弄我们的地方。它要我们
等到明天再说，而我们只享受此刻。

我们在夜晚相聚，庆祝
生而为人。有时，我们

---

① 祝奈（Junnaiyd，卒于公元910年）和贝斯塔米（Bestami，卒于公元874年）是早期的苏非大师。

低声呼唤手鼓。鱼儿畅饮海水，
但海洋并没有变小！我们

吃下云朵和星光。
我们是品尝御酒的奴隶。

死亡的威胁

为了妥善保管，黄金被藏在荒无人烟之地，
从来没人去过那里，绝非
一个人人熟识、容易找到的地方。俗话说：
“喜悦，藏在悲伤之中。”

头脑对此百思不得其解，但那头勇猛的野兽——
灵魂，会挣脱
这样的绳索。爱会将困难燃尽，正如白昼会驱散
黑夜的幻影。在你的

问题之中寻找答案。受困于爱的无边王国，
你会看到出口
既不通往东方，也不通往西方，更不通往
任何方向。你是一座大山，

在寻找它的回声！每当你受伤，你就说：“主啊！”
答案就在让
你深深弯腰、让你大声哭泣的事物中。例如，

痛苦和死亡的威胁就是如此。

它们让你变得清明。当它们离去，你就失去了目的。
你不知道该做什么，
该去哪里。这是因为，你的开口凹凸不平，
有时闭合，并且无法触及，

有时，你的衬衣因渴望而破烂不堪。你散漫的头脑
会统治一段时间，
然后，超越时间的宇宙智能就会来临。我的
孩子，卖掉你怀疑的

头脑，买回狂野的臣服。淳朴地生活，
乐于助人。不要去操心
布哈拉大学和它著名的课程。

二十座小坟

有一个女人，几乎每年都生一个孩子，但孩子们
从来没有
活过六个月。通常，过了三四个月，他们就会
夭折。她会悲伤很久，

并让每个人都知道。“我辛辛苦苦，怀孕九个月。
但快乐消失得比彩虹
还快。”二十个孩子就这样死了，发着高烧，走向他们

小小的坟墓。一天夜里，

她获得一个启示。她看见一个无私之爱的地方，
叫作花园，或者
花园之源。肉眼无法看到它不可见的光明。
灯盏、绿色的花，这些

只是比较，这样，一些爱的迷惑者才会
嗅到一丝芬芳。这个女人
看到了纯粹的恩典，因这样的美景而醉倒在地。
接着，那恩典的赐予者

说道："这早餐是为真诚的奉献者准备的。
你所经历的悲剧
源于其他的世代，那时，你并不曾寻求庇护。"
"主啊，赐给我更多的悲伤。

把我撕得粉碎，如果这样能引领我来到这里。"
她这样说着，走进了她所看到的
临在之中。她的孩子们都在那里。"是我失去了他们，"
她大叫道，"但您并没有失去他们。"

如果没有巨大的悲伤，没有人能进入灵性。

⚜

我看到，悲伤喝下一杯痛苦，

我大叫道：“它的味道很甜，是吗？”
“你说对了，”悲伤回答道，
“你毁了我的生意。我如何能
贩卖痛苦，当你知道，它就是祝福？”

发酸、泛白、麻木和僵硬

如果我们的心儿不在一起，
那又有什么意义？当身体和
灵魂不在跳舞，再绚丽的衣衫
也显得平淡无奇。当家里没有食物，

锅子又有何用？在这个充满
新鲜面包、琥珀和麝香的世界，
有如此之多不同的香味，对于
没有嗅觉的人，它们什么也不是。

如果你避开火焰，你就会
发酸、泛白、麻木和僵硬。
你可以让刚出炉的美味面包
围绕着你，朋友们却

帮不了你。你必须自己
去感受烤炉的火焰。

⚜

如果我从来不曾感受过这渴望，我就不可能
知道，爱是什么。任何事
做过了头，就会变得
无聊，除了这向你涌来的泛滥。

二十七、内在的太阳：无须更多临在

那些称为法纳和巴卡的不断瓦解和重构的运动：疯狂地渴望着消融于真主之中，然后在那只仁慈之手的帮助下再回来，这让临在变得相当难以理解。

这种运动是鲁米诗歌的主题，或者更确切地说，他的诗歌享受着临在和非在的游戏，经由头脑，经由欲望、爱、深深的静默、整个存在的对话之舞、生命中的生命。

鲜花和鱼儿用它们的摇曳和游动在书写。外在的太阳和每一个人内在的太阳一起哼唱。它们共鸣的明亮核心就是我们之所是。我喜欢下面这个关于火焰如何传承的犹太教哈西德派的故事：

当巴尔·谢姆·托夫有艰巨的工作要做时，他就会去树林里的一个地方，他在那里点燃一堆火，然后开始冥想。在他自发的祈祷中，需要完成的工作就完成了。

一代人之后，梅斯利兹的麦吉德接受了同样的工作。他去森林里的那个地方，说道：“我不再知道该如何生火和冥想，但我可以说出祷词。”需要完成的工作就完成了。

又一代人之后，轮到萨索夫的穆萨·莱布做这项工作。他走进树林，说道：“我不知道如何生火、冥想和祈祷，但我还是来到这个地方，巴尔·谢姆·托夫和伟大的麦吉德都来过这里。我希望这就够了。”要做的工作就完成了。

再过了二十年，理信的以色列（Israel of Rishin）被任命完成这项工作。“我不知道那个地方，也不知道如何生火、冥想或祈祷，但在这里，在房间里，坐在桌前，我可以讲述这个工作是如何完成的故事。”说出这个故事和巴尔·谢姆·托夫、麦吉德、穆萨·莱布拉比在野外静修、生火、冥想和祈祷有着相同的效果。

有人可能会从这个故事中得出这样的结论，这表明了一个活的传统的递减。或者，有人能从这个故事中听出，工作的奥秘会采取许多形式，它持续的功效一直在那里，无论是巴尔·谢姆·托夫在树林里火堆前的静默，还是几代人过后，理信的以色列在房间里坐在桌前对朋友们讲述这个故事。

至关重要的神与人之间的连接可以随时随地发生突破。它不会递减，恩典也不会消退。我希望鲁米的诗歌依然带着鲁米和夏姆士具有转化作用的友谊的本质，这样，太阳就会重现，每时每刻在我们的内在照耀。

给我的心儿哺乳的乳房

你是现在给我的心儿哺乳的
乳房，真主的影子——不会
投下阴影的太阳。你搅动
这个宇宙的微粒，把爱赐予

恋人、欢笑和舞步。你把
思想烧成灰烬。你转向
你希望去的所在。灵魂看到一只
眼睛中的一点微光，就去了那里。

没牙的老头唱着情歌。
头脑迷失了。在存在之外，
在非在之外，大不里士的夏姆士，
我们藏身其中的温柔的大山，

透过一条缝，正在查看。

无须更多临在

无须更多的意义！现在，
我的欢乐与内在的太阳
和月亮同在。两个世界不再
彼此联系。形状并不会

来到头脑面前。这种放弃与
精疲力竭无关。我从一座花园
走进另一座花园，海浪拍打着
我的船，海洋之火在精炼，就像

花儿和鱼儿的书法一样清新。
让我们看它们在书写什么。无须
更多临在！绿色的大地求我，
一头扎进夏姆士带来的光明。

在野外

告诉我，有没有不会把某个人排除在外的
祝福？驴子和
精美的点心有什么关系？每一个灵魂都需要
不同的营养，但要

了解，你的食谱是否固定，能不能给你
真正的本质
提供营养？也许，就像那些吃泥土的人一样，
人类已经忘了自己

最初的食物是什么。他们也许吃的是疾病。而
我们真正的食物是太阳。
但我们从遇到的每一个人那里吸收营养。身体
和人格组成一只杯盏。

你遇到一个人，就有什么倒进杯中。行星与
行星彼此靠近，两者
都会受到吸引。一男一女走到一起，就会生下
新的婴儿！铁和石头

相碰，就会火花飞溅。雨水湿润大地，果实就会
变得多汁。我们走进一座
成熟的果园，笑声进入了我们的灵魂。慷慨
就来自那里。来到野外，

胃口就会大开。红扑扑的脸蛋来自
太阳，那玫瑰红
是世上最美的色彩。在这样的连接中
有一种威严，不可见的

宏伟壮丽。要生活在那个纯粹的所在。不要操心
去享有十天的名声。
和我一起绕着从不西下的太阳旋转。我说的
太阳，是夏姆士。

离开了他的光明，我就无法生活，就像鱼儿
离不开水，就像工人
离不开工作，就像每一个生命在绝对世界的
草原上吃草：穆罕默德的马，

波拉克、阿拉伯的公马，甚至驴子，所有动物
都在那里吃草，无论它们是否知道。

胡萨姆，医治那些嫉妒太阳之人的
疯狂！把药膏挤进

他们的眼睛，让他们明白，他们想要的
正是光明的灭绝！

心灵的眼睛

对于你，一个美人可以变成一场噩梦，正如
一处阴暗潮湿的井底，
可以感觉像是一座繁盛的花园。你心灵的
眼睛一直在睁开和

合上，做着它炼金术的工作，而在这些
幻象背后，就是那一位，
你的爱就握在他的手掌中：
他创造了一切

的外表，也能在炽热的一瞬
把它们一口吞下！

一种深刻的高贵

亲近有程度之分。仅仅经由存在，
每一个生物都活在造物主

周围，但有一种高贵，要比只是存在
更为深刻。太阳温暖

整个山坡。但它会照亮金矿的
矿井。灌木丛永远
不会明白，太阳如何与金子相处。有枯枝，
也有充满汁液的

活的树枝。太阳从一个地方带来鲜花和果实，
把更多的枯萎带到
另一个地方。不要做这样的狂喜之人：当他
恢复正常，却感到

羞愧难当。要做一个清明、理性的疯子，
即使是最聪明的人
也会将你追随。不要做一只戏耍老鼠的猫。去
追随爱的猛狮。你已经

用想象夸大了自己。宁可从希德尔的
灵魂那里取饮，
当死亡的那一刻来临，他不会退缩。整个冬天，
你把冰块雕刻成水缸。

它们如何能承受夏日融冰的炎热?

二十八、牺牲：忆起离开埃及

留在奴役之中会感觉舒适，当我们把这种舒适留在身后，开始前往自由的朝圣之旅时，会有一段漫长而枯燥的游荡期。

忆起埃及

如果你担心旅行的计划，那就
再读一下《古兰经》中
穆萨如何带领犹太民族
摆脱奴役的段落。如果你

疯狂地想要拥有更多金钱，那就
想一想，他们放弃了什么，而在
荒野里跋涉。如果你感觉受了伤，
那就回忆留在身后的凉亭和家园。

如果你带领众人克服
重重困难，那就阅读
他们如何为了自由
而离开不竭的喷泉。

如果你的穿着看似
优雅，你富有魅力，
那就记住，你的脸会如何
化为尘土。如果你拥有

巨大的财富，那就记住：“他们离开了
他们的花园和潺潺流淌的小溪”。
如果你微笑地看着葬礼的队伍经过，
如果你热爱语言，那就测量

诗行间的风，那就忆起离开埃及，
四十年流浪的牺牲。

星星的争吵

医生俯下身，看着他花园中的
黄花。“一点点水
就会让你变成玫瑰。”红色和番红花
由我们掌管，但是，大地之美

会偷窃我们的美善。
大地之美会枯萎凋零。
这就是世间盗贼的下场。
现在是早晨。时间会给回

你拿走的东西。然后，
夜幕降临，星星们开始说话。
金星说：“这部分的天空属于我。”
月亮说：“但这里，是我的

领地。”木星拿出一枚
独特的硬币给土星看。
坐在首席的水星说：“整个
天空都属于我，因为黄道十二宫

从这里的顶端开始。”我们听不见

这些星星的争吵。木星
向我们求助。太阳骑着马
来到庭院，我们挥手让他

离开。我会明天再来。无论谁
成为牺牲，就会作为仪式和节日
再次复活。夏姆士·大不里士经历过
这样的改变，但他现在之所是

无法言说。这就像是一颗遥远的星辰
长在橄榄树低矮的树枝上。

把刺拔下来

先知说："在这些日子里，真主呼吸的气息
正在流过。让你的耳朵
和头脑留意，并捕捉它们！"于是，神圣的
气息来临，看见你

正在睡觉，于是就离开，把生命的气息吹进别人的身体。
现在，另一阵呼吸来临！
这一次，绝不要错过。你的热情感觉即将
熄灭，就像一个死灵魂

感觉生命正在靠近。当这阵呼吸到达，动物们
会惊恐地把尿撒在自己身上。

它们不会接受它。《古兰经》说，它们拒绝了它，
它们畏缩了。一座山的中心

充满了血液。昨夜，它以不同的意象来临，
但我吃的一些食物
让它远离！我们遗忘的东西、我们没遇见的人，以及
我们因自己吃的食物

而没有进入的灵性花园！就像一只走向荆棘丛的骆驼，
不知道自己的背上正驮着伟大的
穆罕默德的灵魂。它哀叹道："玫瑰园在哪里？在哪里？！"
而一捆玫瑰就在它的背上，散发的

花香能长出一千座花园。我们还会
继续寻找玫瑰园多久？
宇宙所无法包含的，就藏在荆棘的
刺尖上！把刺拔下来，看。

二十九、当朋友相遇：最富有活力的时刻

如果物质本身就是狂喜，那语言有什么用呢？现在想一想内在，在那里，歌唱的灵魂的能量看见彼此并交谈，一起漫步。我迷失了自己。

在鲁米和夏姆士的相遇中，在那至关重要的相逢中，疗愈和最真实的生命开始了。能让一个人重获与灵魂的友谊的美、智慧和庆祝的任何形式，就是对立得以安息的所在。“我怎么可能既是分开的，又是合一的呢？”

这个大不里士的夏姆士是谁？经常有人问这个问题：鲁米和夏姆士是不是一对恋人？不是。他们的相遇发生在心灵中，超越了形式、爱抚和时间。

在2000年12月，受土耳其政府的邀请，诗人罗伯特·布莱和我一起飞到安卡拉和科尼亚，去参加纪念鲁米逝世727周年的活动，这一天也可以说是他的新婚之夜。罗伯特在1976年递给我一些具有学者风格的鲁米诗

歌的翻译作品，他说：“这些诗需要从笼子里被放出来。”当我们走出科尼亚的鲁米陵墓，我们坐在一张石凳上，重新穿上鞋子。这一刻有一种庄严肃穆的气氛，我靠着他的背，说：“谢谢你给了我这个。”他回过头，看了我一眼：“这就像为了风而感谢鸟一样。”这句话打破了肃穆的气氛，我们大笑起来。为什么我们会拜访伟大灵魂的坟墓呢？当然，有一种共振能够滋养我们，一种场，让重获自由的鸟儿休息和飞翔的一阵风。

鲁米和夏姆士带给神秘的觉知，同样也带给普通意识的一个惊人的远见是：我们“以这样一种方式去爱，它能把我们从任何关系中释放出来”。这意思是说，我们会变成友谊。“当生活本身变成挚友，恋人们就会消失”，这就是说，一个人能够成为爱（同情、慷慨、嬉戏）的一个场，而非认同于任何特定的恋人和心上人的观念。爱的痛苦会在一切事物的核心扩展为一个渴望的平原：觉知的非在和临在的中心。鲁米去寻找失踪的夏姆士。他在大马士革的街头突然意识到，他就是他们的友谊。没有分离，没有合一，他就在静默的核心。我不得不说，这就是巴拉卡（祝福，从临在中获得的特别的恩典），狂喜生命的奥秘。

最富有活力的时刻

当那些彼此相爱的人凝视
对方的眼睛，最富有活力的
时刻来临，就在他们之间
的流动中。要在人群中看到

你的脸，否则，我就会哭泣，
独自站在一条可怕的街道上。
我们的眼泪会改善大地。
你责骂我的时候，你的感激、

你的欢笑、你的品质总是会
提高灵魂。看见你，就是一杯
不会让人喝醉或麻木的酒。
我们坐在柏树的树荫下，

在那里，清明而令人惊讶的思想
缓慢地在我们的内在缠绕生长。

醒来，并走进

如果我因哀伤而畏缩，那我
就是一个聪明的白痴。如果
我不是太阳，我就会像悲伤一样
潮起潮落。如果你不是我的向导，

我就会在萨纳伊[1]迷路。
如果没有光明，我就会反复
开门和关门。如果没有玫瑰园，
清晨的微风会去哪儿？

如果爱情不想要音乐、欢笑
和诗歌，那我还有什么要说？
如果你不是良药，我就会看似
消瘦病弱。如果天空没有

枝繁叶茂，那就不会有
潮湿的树根。如果没有礼物
被赠予，我就会变得傲慢而冷酷。
如果没有通往真主的道路，我

就不会躺在这身体之墓中
如此之久。如果没有办法
从左来到右，我就无法和野草
一起摇曳。如果没有恩典和美善，

谈话就会变得徒劳，我们
做什么都会白费功夫。聆听
让每一天开始新的故事。
如果光明不在东方

---

① 哈基姆·萨纳伊（卒于1131年），伽色尼的宫廷诗人，他是第一个使用“玛斯纳维”形式（押韵的联句）来表达神秘和教诲的主题的诗人。

重新开始，我就不会现在
醒来，并走进这黎明。

形式就是狂喜

感知和形体会带来一种
闪闪发光的激动。商队的
首领看到他的骆驼迷失其中，
鼻子跟着尾巴，就像他自己

跟着他的朋友，陌生人
朝他们走来。一个园丁
看着天空迸裂出歌声，变幻莫测
是云的本质。花苞和尖刺，是一回事。

风和水，在这根本的状态中
徜徉。火和地，消失。这就是
它如何与外在相处的方式。形式
就是狂喜。现在，想象一下内在：

灵魂和头脑，这两个秘密的世界！
不要以为，冬季的花园失去了
它的狂喜。它很安静，
但它的根须在地下暴动。

如果有人在街上与你撞个满怀，

不要生气。每一个怀着这样的惊讶
的人都会站立不稳。做出
善良的回应。让结解开，

把头巾送给别人。为此而
陶醉的人，一夜能喝下一驮酒。
信徒、无神论者、愤世嫉俗者、恋人，
都结合在我们所是的灵性形式中，

但还没有一个人
像夏姆士一样醒来。

三十、静默的芦苇丛：向非在敞开

这一节是要鼓励人们进入静默，比方说，每4个月，我们就要抽出几天来，不说话或不阅读、不查看电子邮件。没有电话或电视。我们把院子里的活干完。我们在地上到处爬，就像蜥蜴一样沉醉在爬行动物的头脑中。触摸变得更加深刻和令人兴奋。有一个更令人信服的理由能让你有意安静下来。

鲁米说，静默会让我们有机会品尝我们生命的核心，进入更深的内在，体验到核桃中的油，而不是核桃壳发出的声响。用他的比喻来说，谈话本身证明，我们并不像我们本可以的那样自由。(《滋味》)

我最近做了一个关于夏姆士·大不里士的梦。我被领到一个洞穴前，洞穴弯曲而上，通往一个叫作拉撒·莎姆西（一个我学过的梵文单词，意思是指夏姆士的“本质”或“道路”，灵魂得以实现的滋味）的竖井一样的石室，我在梦中看见这样的拼写。高尔韦·金内尔，一个在世的灵魂诗人，用左手向我指了指山洞。我走进山洞。石室中高高低低的壁龛中，坐着很多伟大的人物，他们就像穿着长袍的蜡烛一样在冥想。在半道上，入口的隧道通向石室的地方，有一个更宽的壁龛，上面有一根栏杆和一把空椅子，那是一个正方形的粗糙的木质宝座。这是夏姆士的位置，却空空如也。我坐在地上，在椅子的左侧，脸朝外。在右侧，一个人站起来说："在这里，我们最好放声歌唱。"我站起来说："不，静默更好。"梦就这样结束了，但洞穴石室里的感觉依然留在我的内心深处，是一种非在和虚空，不是一种情感，而更多与内在的核心有关，充满了活力和赐福。

鲁米和夏姆士的神秘对话（密谈）一定是基于静默。卡尔·荣格在瑞士的波林根塔曾深深地与宁静的疗愈力量相连：

> 孤独是疗愈的源泉，让我的生命值得活下去。谈话对于我常常是一种折磨，我需要许多日子的静默来从语言的徒劳无益中恢复过来。
>
> ——信件，1957年5月30日

从1923年开始，直到他于1961年去世，荣格一直在这座石塔中静修和工作，这座石塔与富有远见的诺斯替派人物腓利门有关，荣格体验到腓利门是他的内在向导。这座塔被称为"腓利门的圣殿"，荣格把这个名字刻在石头上。他在这里欢庆和享受静修，他也体会到手工艺在灵魂塑造过程中的重要性。在这里，他自己做饭、劈柴、用石头建造，有时还受到意大利石匠大师的指导。那里有一眼他照看的泉水。他喜欢做些小小的改变，用一根棍子戳进泉眼，泉水流向马焦雷湖。这不是一个完全孤独的地方。他喜欢有朋友来看望他、吃顿饭、分享他的工作。荣格的石塔是一个坚固的、保护的形象，是对素莱曼的远寺的一个提醒，是每个人都需要的一个心灵退隐的空间。我梦中的拉撒·莎姆西洞穴就是我体验到这个空间的最有力的例子。

有人问鲁米："为什么你老是谈论静默？"他回答道："我内在的那位发光者从来没有说过一句话。"

回到芦苇地!

是时候了，无视明智的忠告，
并解开我们的文化
给我们打的结。击中要害!
用棉花塞住感伤的耳朵。

回到芦苇地。让蔗糖
再次在你的内在升起。
没有规则，或日常的职责。这些
并不会带来静默的平安。

一个模糊的痕迹

灵魂给了我这只虚空之盒。
我说的是我所知道的唯一真理。
我并不赞同争论的任何一方。
我留在中心，让解释从失败中

起身，这张哭泣的证人的脸，
这橙色的郁金香，是一个
模糊的痕迹。若有谁像萨拉丁那样
理解我，这个开口，是给你的。

滋味

核桃仁在壳中摇晃，发出
细微的声响，而
核桃的滋味和芳香的油脂，发出
无声的音乐。神秘家们

把核桃壳称作咔嗒作响的谈话，核桃仁
则是静默的滋味。
我们已谈论诗歌、揭开所谓的灵魂成长的秘密
如此之久。数日

欢宴之后，禁食；数日酣眠之后，整夜
保持清醒；在讲了这些
悲伤的故事之后，开开玩笑，然后，
认真思考。我们应该

给自己两天时间，在芝麻酥糖的夹层中，
在安静的隐居中，
灵魂会变得甜蜜，并会更加繁盛，
与开口说话相比。

在我耳边，除了你的声音，
我什么也听不见。心儿
已夺走了头脑的口才。

爱写下透明的字句，

所以，在空白的书页上，

我的灵魂就能阅读和回忆。

三十一、社团的作用：复数的你

当我想到鲁米的伊斯兰教团，他教导的苦行僧学院，我就开始怀念社团。当我忆起在巴瓦·穆哈亚狄恩房间里的情形时，也同样如此。我重又渴望那样的讲道，或达显，指的是与一个开悟者在一起，无论你称之为什么。巴瓦把在那里相聚的人称为“我眼睛的珍贵的宝石光芒”。但我似乎并不属于这样的内在与外在的社团。

或许，这是对甚至更加久远的协议的怀念。无论是哪一种情形，连接之网现在感觉更宽广、更流畅、更充满想象的活力，并且，没有一个公认的焦点或范型。我们应该把这种新型的瞭望台称作什么，这样的在一起？书籍、电影、绘画、电子邮件和互联网、手机、诗歌朗诵、各种非正式的聚会，让我们成为社团的一员。

就我所知，世界上最长的加扎勒（《装食物的碗》），它想知道有什么隐藏在语言中的徜徉里，在植物的谈话中，在那一刻，它说，这是蛋壳中的胚胎破壳而出，并成为鸟鸣和真主！对于面临转变的此刻，这是多么惊人的意象。也许，社团就是这些时刻的礼物。也许，与伟大灵魂相见的邀请已经发出，有一场对话要我们加入，就在现在。

爱的托钵僧

这需要内在威严的勇气
站在这门口，在这里，
没有人会庆祝好运气，在这里，
谈论幸运会令人尴尬。不过，

你打补丁的长袍与这里很相称。如果
你是真主之光，那就东升西下，正如
你始终如此。不要假装是
真理之外的别的什么。测量

的标尺在这房间里并不管用，这是
爱的托钵僧相遇的地方。没有传统
在这里生长，也没有汤在炉子上炖！
我们坐在纯粹的非在之中，没有期望。

公心

恩典对我们共有的公心这样说：
“当一只飞虫落进
一桶乳酪中，它就变成乳酪，不再是一只
飞虫，于是，你变成了

营养。不再酒醉，你就是酒。
秃鹰向你学习

如何飞翔，骑上见证的上升气流。当山峦
看见你来临，它们变得

头昏眼花。所以，让这爱像音乐一样飞出。
“胡萨姆，如果
我有一百张嘴，我就会合唱颂歌，但我
只有这独奏之舌，

它胆小而又困惑，有能量想要通过。我
因急切而昏倒。
就像尘土被风刮起，就像船儿在海上飘摇，
就像旅人一路上

疲惫不堪，我就这样迷失在临在之中。
你是泉源，能让
一座花园快乐，而你就在不断的
死去和恢复之中。

身体的死亡只意味着入眠。你所赐予的
威严是复数的你：
勇气、艺术家的大胆和实际的指导
在这里闪耀，在

《玛斯纳维》第五卷的末尾，就像
水手们追随的星座。”

装食物的碗

月亮和傍晚的星星缓慢地
跳着它们的手鼓舞，赞美
这个宇宙。每一次聚会
的目的，已经被发现：

认出美，并去爱美好的
一切。“从前，情形是那样，
现在，情形是这样。”
这种说法在城里流传，

也带来严重的后果。人们
悲伤地把脸转向墙。他们
没有了胃口。接着，
他们开始吃愉快的火焰，

就像骆驼为了自己的灵魂
咀嚼刺鼻的青草。
冬天阻挡了道路。花朵
是被关在地下的囚徒。

于是，绿色的正义熔化剑戟。
走出去，到果园去。这些
游客走了很长的路，路过所有
黄道十二宫，在每一站

学习一些新东西。而他们
只在这里短暂停留，
坐在这张设在风之船头的
桌前。装食物的碗

端上来，它们就是答案，
但还是没有人知道答案。
灵魂的食物依然隐秘。身体的
食物摆放在露天，就像我们。

那些在面包店工作的人
并不知道，在饥饿的乞丐
嘴里，面包是什么滋味。因为心上人
想要知道，所以，看不见的事物

就会显现。隐藏是创造的
隐秘目的。埋下你的种子
然后等待。在你死后，
你的所有想法，会像

孩子一样将你围绕。
心灵是秘中之秘。
把秘密称作语言，
就永远无法确定

你隐瞒了什么。不确定之人
才会得到祝福。

攀爬的柏树、绽放的玫瑰、
夜莺的歌声，这些都在

十一月的寒风里。
它们是它的秘密。
我们一次又一次爬上去
又掉下来。植物有一个

内在的生命，有独立的
说话和感觉的方式。玉米穗
弯腰沉思。郁金香如此困窘。
粉红的玫瑰决定开一家

生意红火的店铺。一串葡萄
坐在那里，伸出它的脚尖。
水仙谈论着鸢尾花。
柳树，你向流水学到了

什么？谦卑。红苹果，挚友
教了你什么？变得酸酸的。
桃树，为什么你这么低矮？为了
让你采摘。看看杨树，多么高大，

却没有花朵或果实。是的，
如果我有这些，我会像你
一样自私。我放弃了自我
以看到开悟之人。石榴

向木瓜提问，你为何如此苍白？
为了你藏在我心中的珍珠。你如何
发现了我的秘密？你的笑声。
可见和不可见的宇宙的核心

在微笑，但请记住，
最好的微笑来自那些哭泣者。
闪电，接着，雨的笑声。
黑暗的大地接受它的清澈，

并长出树干。甜瓜和黄瓜
拖着脚步，一起去朝圣。
你必须存在，才能得到祝福！
南瓜开始爬上一根绳子！

它从哪里学来这招？野草、
荆棘、千万只蚂蚁和
蛇，一切都在寻找食物。
难道你听不到这喧嚣？

每一种草都能治愈某种疾病。
骆驼因吃到刺槐而高兴。
我们则喜欢核桃仁，而非它的
外壳。喜欢一只蛋的里面，

一颗枣的外面。那你的
里面和外面又如何？同样，

一根树枝从很远的地下
吸收水分，真主在拉扯

你的灵魂。风儿把花粉
从花蕊吹到地上。翅膀
和阿拉伯骏马驰向
温暖的春天。他们一路游览，

他们歌唱，并谈论他们认为
自己知道的事：谁谁谁会去
哪儿哪儿哪儿旅行。戴胜鸟
把一封信送给素莱曼。

睿智的鹳鸟说，列克列克。
请翻译。现在是时候，前往
高原，离开冬天的家。
像鸟儿一样，做你自己的

守望者。让记忆之珠
包围你。我对自己许下
诺言，然后违背它们。言辞是
硬币：它们所谈论的，

则是矿脉和矿井。现在
想一想太阳。它既不
属于东方，也不属于西方。只有
灵魂知道，爱是什么。时空中的

这一刻，是一只蛋壳，
其中有一个皱巴巴的胚胎，
浸在信念的蛋黄中，
在恩典的翅膀下，直到它

从头脑中破壳而出，成为
一只真正的鸟儿的歌声，和真主。

刀锋

这个社团的灵魂正在
朝我们走来，太阳在他的额头，
酒罐在他的右手，他大步走来。
不要毁了这个与礼貌和

轻易的承诺相处的机会。我们呼求的
帮助就在这里，这个加入
伟大灵魂的邀请。我们相聚的
任何地方都会变成一个

通往天房的典礼。意思是：
迅速通过你的存在而进入
非在。你名字和名声的自我
每一刻都在你身上打一个新结。

个人的身份，是剑鞘。它的

创造者，是宝剑。刀锋
插入，于是合一：明亮的宝剑上
套着破损的剑鞘，爱，净化爱。

三十二、水之眼：千里眼、分身，以及灵感的水渠

用现代超心理学的术语来说，在鲁米的生命存在中，有一种非本地的动力。在一首著名的诗中，他声称和夏姆士一起坐在科尼亚，并且同时他们还在霍拉桑和伊拉克。（《坐在一起》）我从来没有经历过这种事，虽然我的上师巴瓦·穆哈亚狄恩告诉我，一个人可以不乘飞机旅行！他说，宇宙是一个微小的斑点，一个人可以在其中随意移动。他能够在梦中有意识地来看望我。我对此毫不怀疑。这样的事发生过好几次。我的梦境笔记记录了这样一个梦：巴瓦教我如何从一杯水中喝极小的一小口水，以及如何彻底弯腰鞠躬。我的背很僵硬。当我去费城时，我开始告诉他这个梦，他朝我挥挥手。他不需要听我说，他在那里。我想要知道什么？

“那极小的一小口水是什么意思？”

“你想要一下子就变得富有智慧。吸收智慧的一小部分，把它吸收进你

的生活中，然后再吸收一点点。”

因为证据无法不断复制，所以科学不会考虑我们很多人的经验具有真实性。我们有一系列的观念，传统科学不承认具有可能性。鲁米的诗很自然地提到心灵感应、预知、与死者交流、遥视，以及灵魂旅行。

惠特曼切中要害，他说：“我并不局限于我的帽子和靴子之间。”意识到处漫游，既穿越时空，又超越时空。我们并没有完全彼此隔绝。存在重叠，而且我们的力量范围还没有被完全勘测。但它似乎确实表明，这些力量并非均匀分布在我们中间。我们可能都具有潜力，只是缺乏机会、恩典或同情心来培养它们。我们是在不同深度的恋人。雨水落下，而雨水的轨迹却遵循各种迂回的、直接的、模糊的和确定的路线流入水库。

我的上师试图解释，他是如何了解鲁米和夏姆士的，不是作为历史人物，或经由想象而了解的书中人物，而是“就像我了解你，就像我们此时此地在一起”。同样一次相遇，对开悟者和我们这些还没有开悟的人来说，一定会有很大的不同。对他们来说，有可能有其他光明的生命在场，也可能有灵性实体，甚至我们自己的潜在自我。有一张巴瓦戴着头巾、用一种严肃和威严的表情看向一边的照片。当他看到这张照片时，他说：“这是吉拉尼[①]的神情。”阿卜杜勒·卡迪尔·吉拉尼是他所传承的世系。有些人一只脚踩在永恒的领域，另一只脚牢牢地踏在这里。理性宇宙的法则，如果有这么一回

---

① 阿卜杜勒·卡迪尔·吉拉尼（Abdul Qadir Gilani）于1077年出生在里海南部的吉兰地区。18岁时，他离开了家乡，前往巴格达——伊斯兰教的中心。他师从两位老师，然后在沙漠荒野漫游了25年。他在50岁时回到巴格达，于1127年开始公开教学。他死于1166年。他的墓是巴格达的一个朝拜地。

事的话，并不总是适用于他们或他们的诗歌。鲁米的诗探索了人的灵魂、它所做的工作，以及它所拥有的认知的许多方面。他的诗歌所栖息的空间，感觉就像是银河般的广阔虚空，充满互相渗透的生命存在。

漂流、信任、享受

穆罕默德说，没有人会回忆一生并为离开这个世界
而感到遗憾。感到遗憾的是，
我们以为它是多么真实！我们多么担心
表象，我们对经由形式运作的

本质多么视若无睹！“为什么我把生命
花在否定死亡上？死亡
是通往真理的钥匙！”当你听到这样的哀叹，
不要大声说出，只在

心里低语：“过去推动你的，现在依然在推动你，这是
同样的能量。但你现在完全理解，
你的本质并不是一具身体、组织、
骨骼、头脑和肌肉。

消融于这清晰的视野。不要低头看
脚下的路面，而要
抬起头，看见两个世界、国王的容颜、塑造和
承载你的海洋。

你已听过对这大海的描述。现在，
漂浮、信任、享受这运动。”

清风

痛的感觉，就像在战斗中一只手被砍，
把身体想象成一件你穿的
长袍。当你遇到你爱的人，你是否会亲吻
他们的衣服？搜寻

谁在里面。与真主合一，要比身体的舒适更甜蜜。
我们有不同的
手和脚。有时，我们在梦中看见它们。
这并不是幻觉。

这是真正的看见。你确实有一个灵性的身体，
不要害怕离开
肉身。有时，有人如此强烈地感到这一真理，
以至于他可以独自住在

山里，却完全充满活力。人们的担忧和英勇之举，
在托钵僧看来，
既令人厌烦又徒劳无益，而他们
享受着灵魂的清风。

坐在一起

我们坐在这庭院里，两个形式、
两个影子，和一个灵魂，

鸟鸣、摇曳的叶子、傍晚的
星星、潮湿的芬芳，以及

弯弯的新月。你和我
悠然坐在美不胜收的花园。
喧闹的鹦鹉在欢笑，而
我们在欢笑声中大笑，

我们两个坐在科尼亚的长凳上，但
同时也神奇地坐在霍拉桑和伊拉克，
朋友在这种形式之中，但也在
时间、你和我之外的另一个世界。

我们漂浮在海上

如果你认为我提及穆萨时，说的是过去发生的事，
那就会阻断讯息。
穆萨的光明就在此时此地，就在你的内在。
法老也是如此。陶瓷的

灯盏和灯芯会改变，但灯光始终一样。如果你
专注于围绕火焰的
透明烟罩，你就只会看到很多
颜色和变化。

要看火焰之中的光明。你就是那光明。你看的

所在不应改变
你所看的对象，除非你是在一间黑暗的房间。
有几个印度人带一头大象

来展出。他们把它关在一间黑屋子里。人们走进去，
再走出来。他们什么也看不见。
他们用手摸象。一个人摸到象鼻：
“大象就像是一根水管。”

一个人摸到象耳：“更像是一把扇子。”
一个人摸到象腿：“我觉得它是圆的，
就像庙里的柱子。”一个人摸到象背：“是一个
巨大的宝座。”

一个人说：“大象是直的。”另一个人说：
“大象是弯的。”
如果每个人都有一支蜡烛，如果他们一起进去，
这些不同就会消失。

感官的知识，是黑屋里用手
认知大象的方式。一只
手无法一下子了解整头大象。海洋有一只
眼睛。发出声响的

表象的泡沫看到分别：我们彼此碰撞，
睡在我们身体之舟的
船舱。我们应该警醒，我们漂浮在海上，

要用明亮的水之眼去看。

素莱曼的视线

智慧是素莱曼的封印：整个世界，是
智慧赋予的形式。或称之为
收集人类的灵魂，并让他们统治
豹子、狮子和

河中的鳄鱼。但是，比这些更威胁
一个人的，
是在他心中战斗的无形力量。
你来到一条河里洗澡。

有什么割伤了你的脚，一根刺、一枚贝壳。
你看不到是什么，
但你知道自己受伤了。当智慧转化了感官，你
就会看见，并感觉到

谁说的话消失了，谁的话依然在你心中，
并将你指引。

三十三、音乐：耐心和即兴

我们是一首乐曲，渴望获得自由并让他人自由。当我们聆听音乐或听完之后，会发生什么？音乐混合并成为我们的等待和向即兴敞开的一部分。鲁米认为，对修行来说，聆听至关重要。

有一种内在的耐心，它会让灵感到来。我们等待，以学习时机的艺术。我有一个朋友，她小时候上钢琴课时，有时会回去补弹一个漏弹的音符。“弹那个音符的时间过了。”她的老师说。

这是不是一幅《纽约客》上的漫画？有一个孩子在地铁听一个人演奏萨克斯。他母亲在拉他。“走吧，亲爱的。这不是真正的音乐。他是在乱编。”追随灵感和直觉，会让我们独特的音乐充满活力。

我们不再看见教导我们的那位

音乐家，演奏这一刻的音乐，作为给
那些阻挡我们道路的人的恩典，作为
给强盗的恩典！音乐家，你从一个真正的
强盗那里学会这一点。我在学生的技艺里

听到了老师的特点。音乐家，
把你的脸转向非在，因为存在是
骗人的，并且在害怕。灵魂知道它并非
来自这里。它感觉被束缚于身体之中，

但它也知道，非在的快乐。非在
是我们在其中畅游的海洋！存在，
是一只鱼钩。任何被抓之人都会
失去自由的喜悦。被钉于四大元素

就是一次十字架受难。如果你
继续跟着你的愿望和欲望奔跑，
这就是你的十字架受难，必定如此！
在耐心中，有一种火焰，它会把

你诞生出来的部分烧成灰烬。击打
第一百章经文的火石，荣耀
失去呼吸的那位，以及，火焰
在他们行走的地方升起。这些是

勇敢的灵魂，音乐家点燃音乐家。
像一局棋的世界有何意义？在这里，
卒子可以杀死国王。我笨拙地
走着，但浓烟笔直升起。

有时，一个卒子抵达另一边，
变成了皇后。马说：
“你的一路跋涉，对于我们
一蹴而就。”最后的审判要比这更近，

离每个人只有一步之遥。象棋中的
国王说：“如果没有我，这棋局
就毫无意义。象可以和
蚊子一样无足轻重。”

胜利和失败都是一回事。两者之中
都有将死。我们不再看见
教导我们的那位。你可以说，
我们已被将死。现在会如何？

音乐解开耳聋

斟酒者，人们不再明白
我们称为美酒的这种
喜悦之美。智慧的隽语
现在无法轻易被灵魂听到。

而手语也无济于事。
我们需要夏姆士的利剑
来解放我们。我们想要得到
物质财富，胜过与这个圈子的

深刻联系，想要面包，胜过
美酒。你听说过，穆萨在西奈
与真主在一起。那种亲近
现在已经遥远。注视

阴云密布的天空：它并非
让人感觉亲近的辉煌。
我们一直很懒。我们应该
或者干脆解散，或者

不要分离如此之久。让
音乐解开我们的耳聋，
并交给灵魂。演奏，
并让灵魂演奏。

这是贾米[①]有关渴望自由之歌的故事。

---

① 诗人贾米（1414—1492）出生于赫拉特附近的贾姆。在他的作品中有一本诗集名为《七王座》，其中包括萨拉曼和埃布萨尔的寓言，爱德华·菲茨杰拉德在19世纪翻译过它。

贾米的赶骆驼者之歌

一个苏非走在清澄之路上。每一天，他都在
沙漠中跋涉，每一夜，
他都在真主保管的虚空里行走和安眠。
一天晚上，他来到

一个商人的帐篷，想要探访一下。他
掀开帐篷的门帘，
看见一个戴着锁链、无法动弹的黑奴，但像
月亮一样，散发出

智慧的光芒。“救救我，”奴隶低声道，“我的主人
不会拒绝一位客人。
请他给我自由。”商人欢迎苏非光临
他的帐篷，并端上

食物。“我无法接受你的慷慨，除非你放了
这个可怜的人。”“我会的。
但请先听听我因他而遭受的痛苦！
我曾经有很多纯种的

骆驼，长着山一样美丽的驼峰，像一阵风一样
走过平地山路，
像犀牛一样强壮有力，像大象一样
伟岸高贵。它们一次又一次

穿越这荒芜之地，这成为我的存在之本，
它们的驼铃是我
最希望听到的声音。当他们一路旅行，这个赶骆驼的人
唱着歌。骆驼们听着他的歌声，

勇敢而顺从地驮着货物前行。但这一次，
当我们卸下货物，
它们就逃向四面八方，消失在茫茫沙漠之中，
除了一头系在我帐篷外的

骆驼，所有骆驼都跑个精光。”苏非说：“请让我听听
赶骆驼的人的歌声。”主人
做了个手势，奴隶就开始唱歌。苏非礼貌地坐着，
看着那头被拴着的骆驼，

但当歌声中的渴望越来越深，苏非
撕扯他的衣服，
摔倒在地，而最后，那头骆驼挣断了绳索，
逃进茫茫夜色之中。

三十四、感恩老师：狗教给我们的一课

我非常感谢我灵魂的老师们给我的礼物。吉姆·希特（高中英语老师）坐在悬崖上，谈论对写作和生活相汇之处的爱，岛上的土路一直延伸到河边。詹姆斯·彭宁顿（拉丁语老师）和他优雅的维吉尔[①]式的措辞。阿尔瓦罗·卡多纳－海因、詹姆斯·迪基、罗伯特·布莱、高尔韦·金内尔、C.K.威廉斯、罗伯特·哈斯、安妮·迪拉德。既然提到了名字，我可以一直罗列下去，亨利·米勒、陀思妥耶夫斯基、临济禅师、加里·斯奈德。当然，如果我们能明白，我们每个人都是一群老师和学生。

是巴瓦·穆哈亚狄恩告诉我，要做这项鲁米的工作，并把我带领到意识的边缘，这里就是鲁米诗歌的源头。奥修·罗杰尼希警告说，这些诗可

① 古罗马诗人。——编者注

以变成欣喜若狂的自我催眠，而这对我是有帮助的，尽管我还没有吸收整堂课。我一直在听奥修精彩的磁带。乔·米勒说，如果我足够响亮地读出鲁米的诗，我的心脏就会融化。我当然会这样尝试一下。

请原谅本节第一首诗中活宝三人组的荒谬的不合时宜。迈克尔·格林曾问过我们的上师巴瓦，有关阿拉伯字母在《古兰经》某些篇章开头的令人费解的组合。巴瓦凑近他小声说道：“活宝三人组！”他是在拿迈克尔的密教开玩笑，但他可能已经传达了一些微妙之处，会与那些比我更虔诚、更了解《古兰经》的人产生共鸣。我在这首诗中放入了那几个电影演员，以让读者体味一下巴瓦的幽默，因为他们看似想要在这里。

活宝三人组

当永恒触及任何可朽之物，静默就会加深，
并成为一种由两者构成的
归零的东西。托钵僧可以找到一百种方法
来说明这是如何发生的。我对

更诗意的意象不感兴趣。在《古兰经》一些章节的
开头，有阿拉伯字母的
神秘组合：阿利夫、兰姆和米姆（alif lam mim ha-mim）。
它们似乎

类似其他的字母，但只像饼干类似
月亮！一种
来自临在的真实感觉，能够解放被囚之人，
让无助者复活。

一些文字的组合，就像皮肉和骨头的结合，
具有崇高的品质。这
三个在街上说话的人，都是普通的
年轻人，但阿利夫、兰姆

和米姆，更像拉里、科里和莫[①]
在说话。

---

① 这是三个电影喜剧演员的名字，他们的组合叫“活宝三人组”，成名于20世纪30年代，他们共出演了97部电影。——译者注

聆听狗叫

那些不感激他们的收获的人
连狗都不如。当一只狗
在一户人家的门口得到食物，它会成为那里的卫兵。
它会冒着生命危险

保护那里。如果来了一只陌生的狗，它会教它，
回到它最先获得食物的地方。
“回去，并履行你的职责！”对于已经在灵性之门
吃过东西、喝过水的人，

也同样如此。在你的灵魂中，你已被赋予
神秘的知识和无私，
但你依然像一头熊，在别的店里嗅来嗅去。
为了肉汁泡面包，

你走遍了整座城镇，但让你茂盛的并不是
你吃下的食物。你所喜爱的
餐桌是在尔撒的房间，黎明时分，人们在那里相聚：
瞎子、瘸子、瘫痪者

和穷人。尔撒完成了他的晨祷，来到外面。
无论你想要什么，都已经
给你。现在，去活在这仁慈之中。他们迅速起身，
就像骆驼被解开

缰绳。依靠你所认识的老师，你战胜过
许多的疾病。
你的跛行已变成平稳的脚步。在你的脚踝上
系一根绳，这样你就会

牢记，你已得到了什么。不知感恩和健忘
会阻碍它们本可以
给你的更多祝福。去追赶仁慈，追上它，并且
求饶。留在门口。

不要连狗都不如！这会带来一个疑问：
你该更忠实于
你的父母，还是你的灵魂？当你的父母结合，
你母亲就怀上了你。

有时，她觉得你就是她的一部分；
然后，你出生。灵魂的
权利优先于父母的权利，并且更强大。
不理解这一点的人

都像驴子一样，既顽固，又愚蠢。

向阿丹鞠躬

像死人一样活着是怎么回事？忘记教导你的
那一位，这往往是

来自痛苦和困境的智慧。你经历得
越多，灵魂就越富有。

我们如何胜过动物？那就在令人感到羞辱的
境遇中，怀着我们内在
相同的意识。有这样的层阶：人类在
动物之上，天使在人类之上，而完人的灵魂

在三者之上。否则，为什么
会命令天使们向阿丹鞠躬？万物的灵魂
追随着一个完人的
方向，就像线总是跟在针后面穿梭。

信任海洋

一个陌生人批评一位老师："这个人不走
正道。他喝酒。
他是一个伪君子、一个坏人。他怎么能
帮助别人？"一个学生

回答道："你说得不对，但即使你说得对，也不能用
任何标准来评判
一个真主的朋友。红海不会被一只死鸟
所污染。"传统的

路标，无法引导每走一步都会再次在沙漠中

迷路的人。一个
活在合一之中的人会用直觉之灯去看。对于
这样一个生命，道路

并不存在。如果他指明一条特别的道路，这只是
为了对辩论家们说些什么，
他们经由对比而理解。对于新生的婴儿，父亲口中的
话语全是噪声，而

孩子用他纯粹的智能扫视世界。一位
大师的高贵，并不因为
读错音节而减弱。尝试进入
婴儿广阔的

无语之境，这和一位老师的静默是一回事。
批评和不信任
有一个狭窄的范围。只有真主圣容的地方，所有的
背叛和反对

都会消失。身体的头脑，是神秘觉知的屏幕，
罩在一盏灯上的
大缸。不信任是什么？忘记你的老师。
谁真正活着？那些了解和

信任海洋的人，老师就居于其中。这样的觉知
包含和指导
天使和人类、鸟和鱼。其实，鱼儿带来

它们嘴里的金针，

为他修补他的长袍，就像它们为易卜拉欣所做的那样。
你还记得那个故事吗？

奇怪的聚会

这个人举起一只手鼓，
完整的音乐就在
空中飘扬！准备去旅行，
整理行装，展开旗帜。

施洗者叶哈雅[①]、达伍德和
尤素福正在翻跟头！
尔撒和穆萨观看吉卜利勒
在门口施法。易卜拉欣

看似迷失于他的渴望之中，将一把剑
举向易司玛仪和易斯哈格[②]。
他们鞠躬。穆罕默德对真主
说："我真正的兄弟是那些

相信之人，尽管他们并没有

---

①《古兰经》中的人物，相当于《圣经》中的施洗者约翰。——译者注

② 易司玛仪和易斯哈格相当于《圣经》中的以实玛利和以撒。易卜拉欣则相当于亚伯拉罕。——译者注

看见我。我希望我能看见他们。”
艾布·伯克尔说：“对。这是真的。”
蕾莉和马杰农、胡斯莱夫和席琳，

在欢愉的世界，保持水晶般地
清澈。鲁斯塔姆是勇士，哈姆扎，
穆罕默德的叔叔，则是箭、盾
和阿里的宝剑：谁能抵挡

它的锋利，或把它投向月亮，
一劈两半？胡萨姆丁，这里就是
爱的王国。他向夏姆士·大不里士的
名字鞠躬，并再次说道：

“我就是真理。”灵魂
因此而蒙受巨大的荣耀。

糊涂的甜蜜

有一种荣耀，能将生命吹进
一具尸体，并让陌生人像朋友一样
相聚。把那一位唤回，
他让荆棘的长袍装满

鲜花，他清扫了泥泞的头脑，
他给了两天大的婴儿

胜过成人的智慧。“什么婴儿？”你问。
有一座喷泉，在不停地喷涌。

我说不太清，我因太过
甜蜜而糊涂。无论如何，
还是听我说。我必须说。有
能看到永恒的眼睛。一种临在，

超越了萨满的力量和魔法。让它
进来。跪倒在地，完全臣服。

每一段路

到处走动。出去旅行。就像一颗棋子，一次
缓慢移动一格，以成就
皇后纵横驰骋的高贵。尤素福曾经旅行，
一切都来到他面前。

一个人去乡下小住，因为他的朋友住在
那里，他带上了全家人。
白天，骄阳似火。晚上，学着
绘制星图。

每一段路都因他们要去见的那个人
而令人惊奇。受苦和
抱怨的人让人感觉亲切。尖刺具有魅力。一间狭窄的房间，会慢慢变得宽敞。

细枝会长出丰满的无花果。背带会勒痛扛着重负的
肩膀。烟会熏黑
铁匠的脸。一个店主坐在凳子上，
受着无聊的折磨。

痛苦必须忍受，因为有一个挚友
就在附近。一个
商人跋涉千山万水，就是为了
家中的亲人。

三十五、宽恕：当基督徒消失于恩典之中

每一门宗教都有革新、清空、再次开始、宽恕的时期。当然，宽恕是基督教的核心。

鲁米与尔撒的连接一直非常强。当他谈论挚友时，基督徒会感觉到这一点。我的朋友，作家吉姆·基尔格说，基督教认为，上帝可以成为人类的朋友，而这就是他阅读鲁米时所听到的——那内在的友谊。

在苏非传统中，他们感到尔撒的能量经由鲁米而重新出现。对于苏非，鲁米是库特布——爱之极。鲁米教团的这种传统邀请听起来非常像我年轻时所听说的基督教聚会。

来，来，无论你是谁，
流浪者、崇拜者、移情别恋者。
这不是绝望的商队。
你已千百次违背了你的誓言，没关系，还是来吧，
再一次来到这里。

泉水

一个基督徒去他的牧师那里，说出能判一年刑的
罪行：淫乱、卑鄙、
虚伪。他想要获得宽恕，然后，他聆听
牧师的赦免。

牧师自己可能没有这样的经验，
但基督徒的想象力
让他能这样宽恕。爱和想象力有很多用处。它们
会想出一个心上人的形象，

这样就能对它说话："你爱我吗？"爱，爱。
母亲在她儿子的新坟旁，
说出在他活着时从没说过的话。坟地
好像有了生命。

她把脸紧贴着新鲜的泥土，流露
她未曾表达过的爱。
很多日子过去了。丧子之痛消退了。
不久，只剩下

被遗忘的坟墓。让你的老师就是爱本身，
而不是某个白胡子
老人。在法纳的状态中，无形之爱会说："我是
清醒的清明和醉酒的兴奋

之源。你已深深爱上我在形式之中的反映，
现在，再也无须任何媒介。”
当一个基督徒渴望获得宽恕，
牧师就消失在

这渴望中。地下的泉水从一块石头中冒出。
再也没有人称之为
石头。这是纯粹的泉水从中喷涌。
我们所处的形式

就像是碗。它们因其中盛放的营养而
具有价值，
然后，把它们洗干净，等下次再用。

行动的方式

有一种对诗歌的评论：当你开始上路，
道路就会出现。当你
不再存在，真正的存在就会来临。祖莱卡关上了
每一扇门，但尤素福不停地

拨弄门锁。他满怀信心，来回走动，不知怎的，
他逃脱了。
这就是进入你时空之外的家的方法。想一想
你是如何来到

这个世界的。你能否解释，这是怎么回事？
不能？你如何来到这里，
你就会如何离开。你徜徉在你梦中的风景。你如何
前往那里？闭上眼睛，

并且臣服。在真主之城找到你自己。你
却还在寻找
尊敬！你喜爱你顾客看你的眼神。你
坐在聚会的首席。

当你闭上眼睛，你看到人们鼓掌，就像
猫头鹰闭上眼睛，看到
森林一样。你生活在一个尊敬的世界，
但你能给你的崇拜者什么？

如果你有真正的灵性礼物可以赠予，你就不会
想到顾客。从前，
有一个人说："我是先知。事实上，我就是穿越时间的
预言之刃。"

人们围住他，把他绑起来，并带到
国王面前。"这个人
有什么权利说，他活在启示之地？"那个人
自己开口道：

"请想一想，一个婴儿如何入睡，从无意识
成长为有意识。

先知则不是这样。他们清醒地从源头，来到这个
有上下、左右、前后之分的

感官世界。”“把他钉上十字架。”
他们大叫道。
但国王看到，这个人瘦削而又虚弱。他言语
温柔。仁慈是

国王的待人之道。他让人群散去，叫这人坐下，
问他的家在哪里。“我的家
就是真主的平安，但我已来到这个无人认识我的
审判之地。

我感觉自己就像一条沙滩上的鱼。”国王设法
让他心情好起来。“但是，
为什么你会在今天说这些话？是不是因为
你吃了什么东西？”“我并不在意

世间的食物。我品尝真主的蜂蜜，但这些人
对此一无所知。他们就像是
顽石。他们重复我的话来嘲笑我。如果
我给他们带来发财的消息，

或捎来心上人的情书，我就会大受欢迎。但他们
并不想听我的预言。
这就像驴背上绑着一条沾血的绷带。替它
解开绷带的人

是在帮助它。但他会被驴踢！这里没人想要
获得治愈。这里没人想要
我带来的讯息！”国王对这个人越来越
好奇。“作为信使，

你们想要传递的，究竟是什么样的消息？”“有什么消息
我们没有带来？！但让我们
暂且假设，我的启示并非来自真主。
但你还是会同意，

我说的话，并不逊色于一只蜜蜂的工作。
《古兰经》上说，真主
已经启发了蜜蜂。这个宇宙，充满了蜂蜜。人类
以它为食物，并靠

比它更深刻的启示向上进化。”这个人
就这样为自己辩护。
你已读过启示的泉水。从那里取饮。
与那些嘴唇

为这泉水所湿润的人相伴。而其他人，哪怕
他们是你的亲生父母，
也都是敌人。赶紧离开，在他们杀死你之前！
每当你诚心诚意地说，

“一切非真，唯有真主”，
无路之路就会开启。

我们的药方

我们是智慧和疗愈，烤肉
和老人星。我们是大地和
泼洒在大地上的美酒。
当疾病来临，我们就会

将它治愈。对于悲伤，我们的药方：
一个朋友。对于死亡，也一样。
那就奔跑着与我们在路上相遇。我们保持
谦虚，我们送出祝福。我们看起来

像这样，但这是一棵树，
而我们是让树枝摇曳的
林中的晨风。静默把现在
变成这样，再变成那样。

⚜

现在，我躺下来，保持清醒。
向主祷告，让我的灵魂
接受您的清醒，这样，
我就能得到一点清明的
智慧：恩典会前来宽恕，
然后，再一次宽恕。

恩典变得困惑

令人发狂的一滴，然后，又一滴，
现在，你就这样为我们斟酒。
记得你曾一下子倾倒所有的
光明，整个白昼！你把手指

按住嘴唇，想要安静，
但你滴下的那些酒滴
还在说话。这不是我们！当你
在杀死祝奈时，他说：“更多，

更多！”在他的每一滴血中，都有一个
新的贝斯塔米。掉在地上的第一滴
长成阿丹。在天空中的一滴，
长成吉卜利勒。在那些旧时代，

你根据美德斟酒。接着，恩典
被搞糊涂了，于是，你给每个人
都倒一点。面包配不上你，
你却为了面包而活。

你拿来水，把它倒进
水缸。你给穆萨看的
并不是火，而是一个
意识的形状。当你分别

为你亲密的朋友服务，
星期五会不会再来？
在每一刻，一个陌生人和朋友
相遇。他们的血相混。玫瑰

花瓣在秋天陨落。害羞。
把你的友谊交给先知！
不要以为他们是普通人。
祷告的品质有着巨大的

差异，就像你祝福的人
和你讨厌的人之间的不同。

三十六、灵魂的艺术：饥饿的动物和鉴赏家

在这些诗歌中，很多都能归入不同的章节。例如，《如果你想要活出你的灵魂》这首诗，忠告我们：遇见挚友有多么重要。它包含了下雨和排水的奇妙而复杂的意象，因此，我把它归入这一节中。

你爱的方式就是天空本身。下雨时（能量的恩典），屋顶和它的排水槽（个人自我）会引导水流。鲁米说，最美丽的花园要用从你自己屋檐下收集的雨水浇灌，因为其中有你的泪水。

灵魂的艺术家引导他所获得的能量运动。对鲁米来说，其中的一种模式就是哈基姆·萨纳伊。据说，他能把两种相反的能量容纳于同一个姿态中：他狂野的本能会突然跃起，他稳定的洞察力则大步前进。诗人鲁米和萨纳伊，经由将真正的狂喜浇灌我们的生活而滋养我们，就像孩子们、狗狗、树木、河流或雨水所做的那样。

我捡到一张6英尺长的蛇皮。一条王蛇在我的门槛石上蜕皮。它全身盘紧，这样我进门出门时必须跨过它。我捡起蜕下的蛇皮，把它放在我的小书橱里，就像寺庙中下垂的印度辫一样，某种不可预知的结局。

一个舞姿

在你的内在，有一个源头，一个清凉的泉源，
有时会断流、冻结
或被淤泥阻塞。一个声音说："我的朋友，
更深入地思考。"

这样的建议并非无关紧要。这是和一个像达伍德
一样的灵魂艺术家为伴，
他打铁，等铁熔化，他就能打出想要的形状。
灵魂是让阻塞重新流动

的艺术。当你的身体死了，把它交给
死亡天使伊斯拉菲[①]。
如果你的心儿感觉麻木冰冷，
那就走到阳光下，或者

让奥秘使你内在的泉水喷涌。从前，
有一个圣人感觉到
他内在的这股流动。当他走进
被春雨滋润的

花园，他给自己跳的生命之舞
取了不同的名字：
动物饥饿的敏捷和鉴赏家明智的选择。

---

① 在穆斯林传统中，天使伊斯拉菲会在末日审判时吹响号角。——译者注

祝福哈基姆·萨纳伊，

他能将这两者置于同一个舞姿！

肮脏的小牛

我去看能治好我的病的医生，
我说道："我有一百个错。
你能不能把它们并成一个？""我以为
你死了！""我是死了，但我闻到了

你的芬芳，又活了过来。"
他把手轻轻放在我的胸口。
"你来自哪一个部落？""这个部落。"
他开始治疗我的疾病。每当我生气，

想要攻击，他就给我美酒：
我不再争斗，我脱掉衣服。
我在一群醉汉之中高歌。我大喊大叫，
摔酒杯，甚至砸碎大酒罐！有些人

崇拜金牛犊。我是一只崇拜爱的
肮脏的小牛。那个疗愈者又在
呼唤我，让我离开我藏身的
窟窿。我的灵魂，无论我敏捷，

还是跌跌撞撞，无论我迷惑，还是处在
我真正的生命中，它全都是你。有时，
我是光滑的箭；有时，我是磨损的
皮护腕。你把我带到这里，

这里的一切都在转圈。现在，
你把酒盖上，我会让自己闭嘴。

乞丐们

有一个声音在乞丐的耳边说：“走近点。
慷慨需要你。
就像美人喜爱明镜，当你靠近，丰盛
就会变得可见。”

真主提醒穆罕默德，不要叫喊，并赶走
乞丐。伸出双手乞求，
接近源头！有两种乞丐：一种人
在街上乞讨，而另一种人

不发一言，即刻就会得到比他所需的
更多。两者都是绝对者
如何行事的镜子。其他的乞丐都是冒牌货。
不要把一片油腻的面包

递给一张狗的图片！一个真正的托钵僧

所渴望的美人
是真实的。一个爱上自己的想象的人，怎能
同时爱上给予一切的

主人？我会告诉你。有些人的真诚有一种
品质，能将他们
从比喻引向比喻背后的真相。我害怕
细说这一点。

软弱的头脑会愚蠢地运用解释。想一想，
画在纸上的一张
悲伤的脸。难道它能从它的悲伤中学到什么？
有一种快乐和悲伤

只是澡堂墙上的形象。赤裸地走过世界，
注意活的画像。
内心的喜悦和悲伤，不同于画出来的外表。
当你进入灵魂的

蒸气浴，脱掉你的表象之衣，没有人会
穿着衣服走进这里。

如果你想要活出你的灵魂

我们每个人灵魂中的灵魂
更爱奔跑并摔倒的那一个，

而非坐着旁观的那一个。
灵魂中的灵魂住在恋人心中。

想一想这个比喻：你的爱如何是
辽阔的天空。这些个人的自我，
是城市里分开的屋顶。你的
舌头，是流淌语言的水槽。

如果屋顶不干净，水一般的话语
就会变得肮脏混浊。有些人有精致的
排水系统，能排走其他屋顶的
雨水。这并不明智。它有一种

虚假的口才。一个恋人会用
他自己屋檐下收集来的雨水
浇灌花园。这样长出来的玫瑰
心中含着眼泪。有时，秤盘的

重量正确，秤砣却不见了。
一个良医会开出苦药。
一只脚会在黑暗中找对鞋子。
爱靠它感到的快乐走在路上。

即使你生活的时代充满暴力和恐怖，
但在努哈的方舟，你却安全无忧。
如果你想要了解一个人，就和
他周围的人相处。他们了解。

放诸四海的准则：你如何
待人，就期待别人如何待你。
如果你想了解真主，那就享受
恋人的陪伴。如果你想被视为

一个伟人，那就学习某种精妙的
观念，并加以各种变化，把它当作
所有问题的答案。如果你想要
活出你的灵魂，那就找一个

像夏姆士一样的朋友，并与他相伴。

三十七、朝圣者的更多注意事项：让心灵盲目的习性

鲁米所有的诗歌并非都鼓励狂喜的交流。有些诗更像是实用的旅行指南。在班扬的《天路历程》中，必须越过“失望的泥沼”，必须穿过“名利场”。在鲁米的朝圣路上，有着不像班扬那样寓意明显的危险和干扰。他向我们扰乱商队的行为、自我毁灭的激情，以及任何阻碍善良和与老师连接的障碍提出警告。

任何冷漠的行为都能延缓心灵的朝圣之旅。一切都与鼓励爱和同情的深化有关。鲁米特别提醒我们，要警惕嫉妒、对权力的欲望和耽于享乐。他所谓的彼此冷酷对待的恋人形象，是互相拉扯填充料的疯狂的玩偶。他还建议我们，不要急于责怪任何人。

这必然就会得出结论：当你给予忠告，务必确定你自己能够接受。有一个关于鲁米的故事：一个母亲问他，她的儿子吃糖过多，他对她儿子有

没有什么建议。鲁米告诉她，两个星期之后再来。两个星期后，她来了，他告诉她，过两个星期再来。又过了两个星期，她来了，他建议，让孩子减少吃甜食。

“你为什么不在一个月前就这样说呢？”

“因为我要看看，我是否能做到拒绝糖果两个星期之久。一开始我做不到，然后，我又试了一次，我成功了。只有现在，我才可以告诉他，尽量不要吃这么多糖。”

让心灵盲目的习性

你充满如此之多的光明，难道你能不顾一切地
追求无意识？他们说：
“要在艳阳天寻找一片树荫。”而不要在
多云的夜里，当一切

都变得模糊不清。让心灵盲目的习性
会把灰尘撒进
我们向导的眼睛。例如，沉湎于发酵的饮料。
无须尊敬一个蠡贼。

绑住他的双手，否则他就会把你绑住。真正的
美酒是你的同情心。
它的滋味能让商旅转向家的方向。
要理智！不要把

清晨的活力交给明显会伤害你的事物！

互相拉扯填充料的玩偶

赐予营养、稳定和自由的您，
赐予弯腰的灵魂以力量，
让它直立，做它知道自己在这里要做的
工作。赐予我们耐心、

慷慨和清明，以看穿显现的形象。
有一种粗糙的
对权力的欲望，有杀死他们
自己亲人的军队，

也有互相拉扯填充料的玩偶的
以苦为乐。
再次阅读充满激情的爱情故事。注意每个人
是如何在不是爱的事物中

灭亡。爱就是当神圣的虚空爱它自己。
嫉妒扮作善良而来，
转而变成残酷。如果没有法律的惩处、监狱的
震慑，人们就会把他们的

敌人、所谓的恋人千刀万剐。嫉妒与堕落天使的
古老野心深深地
相连，他们确实存在，并且，他们有人类相助，
那些人想要毁灭

任何一个爱过并从老师那里获得智慧的人。

不要急于指责

有人闯进阿亚兹的房间，只找到阿亚兹的旧靴子
和破烂的羊皮上衣。

国王请他忠实的仆人阿亚兹
对这些指责他的人

做出审判。阿亚兹迟迟没有做出裁决，但当
国王催促他即刻
做出判决，阿亚兹回答道：“所有的命令都来自
国王。当太阳在天上，

金星、水星，或一颗突然出现的彗星又算什么？
在这件事上，我迟迟不愿
指责任何人。如果我不曾古怪地珍惜蒙尘的
旧衣，我就不会

引发这些喜欢寻找缺点的人的想象力。
尽管他们这样对我，
就像是跑进河里，想要找到一块干土一样
白费力气。一条鱼

如何能够背叛大海？他们是在寻找一个人，
他忠诚的外衣下包裹着
不忠。”如果我不知道，有多少人在等着
错误引用我和造成混淆，

我就会评论阿亚兹的话语，有一个无须语言的
声音。当你个人的自我
裂开，聆听这个声音。品味核桃中
油脂的静默。

那甜美的喜悦，就是我们费力打开核桃的
原因。在有关奥秘的
诗歌和论道中，聆听狂喜的无语。尝试
一整天都不要说话！

美食和性

你冒着生命危险以满足欲望，
但你只给你的灵魂一块狭小的
牧场，并且，那么不情愿。
你借了十块钱，还了十四块。

你大多数的决定可以归结为
美食和性。装燃料的箩筐
从一个炉口运到另一个
炉口。六个朋友抬起你的

英俊，并把它送到
墓地。从餐桌到厕所，
食物发生改变。你活在死亡
之间，觉得这没什么不对。

闭上你的眼睛，睁开另一双。
让中心照亮你的视线。

灵魂掉进本性的汤中，
并开始与各种各样的
美味和不那么
好吃的配料混合。
我们的行动带有
那些与我们亲近之人
的气息。而真主让我们
远离痛苦的陪伴！

要保持清明，并微笑，为那些
乐于见到你的人。而那些不喜欢
看见你的人，就让他的道路变暗，
就像一支笔，离开它犹疑的墨迹。

没有讨论

无论西方还是东方，从来不曾有
像我这样的恋人：我的天空向后弯，
就像一把张开数百年的弓。
我是那个幸运之人，因恋人的

爱抚而苏醒。和着苦药，

我品尝甘露。如果你怨恨疗愈，
你就会一直生病。弟子默默地
向老师鞠躬，而没有无礼的戏谑。

在水下，潜水者屏住呼吸。

一个可以不看自己的人

我寻找一个淳朴而开放的人，
他能看见挚友，而非一个
衡量观念的智者。我想要
一个空壳，来装这颗珍珠，

而非一块假装藏着秘密的石头，
它的外表早就被人看穿。
我想要一个可以不看自己的人，
心中充满真主，不会因为

受到打扰和平日的烦恼而恼怒，
相反，他把这些视为美善。

三十八、弃绝之谜：一种滋养世界的弃世之道

弃绝可以是另一种更好地聆听的方法，聆听内在，不要分心，聆听此时此地，敞开心扉与人相处。

在萨拉兹谢赫的故事中（《萨拉兹谢赫从荒野归来》），据说只有一条准则：绝不要觉得你对光明的渴望已得到满足！萨拉兹最后的工作，是拿着一只空篮子去挨家挨户乞讨。他看似在乞讨，但其实他是在给别人一个聆听他们如何受内在引领的机会。当我们聆听，那个声音的奥秘就是与挚友的友谊，这就是萨拉兹谢赫的生命核心，这个在鲁米许多诗歌中得到庆祝的狂野临在。敞开的心扉就是萨拉兹挨家挨户提着的空篮子！

弃世之道

有些云朵并不遮挡月亮，有些早晨，
有雨水从无云的
天空滴落。一个圣人是在这里的一片云，但
云的实质

已被抹去。我们的内在有什么，不想要任何中介，
也不要看护，只要那宽广的蔚蓝，
与母亲的乳房、崇高的虚空相融。有一种
能滋养世界的

弃世之道。不要为了掌声而做任何事。
希德尔凿沉
渔夫的船，但这样做，是出于善意。
你的本质是一个灵魂。

它既是食物，又是饥饿；既是渴望，又是
渴望的对象。记住
这一点，然后努力体验弃绝。

一只手编篮子

有一个苦行僧独自住在山中，
他发誓，永远不从树上
采摘果实，或把它们摇下树，或要求

任何人为他采摘。

"只吃风吹落的果实"，这是他臣服于
真主旨意的方式。
穆罕默德说过一句传统的谚语："一个人
就像是沙漠上

一片飘飞的羽毛，风吹到哪里，他就飞到
哪里。"因此，有一阵子，
在这臣服的喜悦中，苦行僧每天清晨醒来，
都有新的方向要追随。

但接下来，一连五天没有风，也没有梨子落下。
他耐心地克制自己，
直到一阵微风刚好把一根长满梨子的树枝
吹低到他的手

够得着的高度，但风并没有大到把梨子
吹落在地。他伸出手，
摘了一只。不远处，一群小偷正在分赃。
官兵抓住了他们，

并立即开始惩罚：砍断右手和左脚。
这个隐士被他们误抓，
他的手被砍断，但在他的脚也被砍断之前，
有人认出了他。

知府来了。“请原谅这些人。他们并不知情。
请原谅我们！”
谢赫说：“这不是你们的错。我违背了
我的誓言，心上人

已经惩罚了我。”他后来被称作阿克塔谢赫，
意思是“断臂长老”。
有一天，一个访客没有敲门，径直走进
他的小屋，看见

他正在用棕榈叶编篮子。编织需要两只手！
“为何你不敲门
就进屋？”“出于对你的爱。”“那就保守这个
你看到的秘密。”

但有人开始听说这个消息，很多人来小屋察看。
当他在编织棕榈叶，
那只帮助他的手，就会配合他的手，
将棕榈叶交织，

因为他不再对砍手或死亡有任何恐惧。当
那个焦急的、自我保护的
想象离开，真正的协同就会开始。

我是一支芦笛，而非一只食物袋

你为我的灵魂增加灵魂，
你聆听我夜晚的悲伤，
在我生命的每一颗谷粒中
难以想象地燃烧，大山之声

与我的歌声发出共鸣，
吸引着形式，而你无形无相！
与你的喜悦为伴，我在
一个小山谷中度过一生。

没有你，每一次品尝、思考、
身处野外所带来的自然的愉悦，
就会成为套在我脚上的
沉重镣铐。我把它解开，

看见它即刻又再次回到脚上。
今夜，当恩典给我一本爱之书
让我阅读。我清空阻挡
清晰音符的所有障碍。

我是一支芦笛，而非一只
食物袋。阿威罗伊[①]，除了你之外，

---

① 伊本·鲁世德（Ibn Rushd），或阿威罗伊（Averroës），1126年出生于西班牙的科尔多瓦。他凭借对亚里士多德的评论，将医学和神学结合而创立一种灵性健康的哲学观而著称。中世纪的基督教思想家，尤其是托马斯·阿奎纳，深受他的影响。

没有人能治愈这个灵魂。

花之眼

在花之眼的旁边寻找我，
它接受挑战，并
开始生长。爱一个
挣扎、打架的婴儿，

他断奶，并跑出门外，
当火焰向他扑来。

萨拉兹谢赫从荒野归来

萨拉兹谢赫，伟大的禁欲者，只吃藤蔓的卷须，
已厌倦于存在。他
想更直接地了解美。他在沙漠中
祈祷死去，但一个无形的

声音说道：“还不是时候。去城里，变得像
阿巴斯谢赫那样，那个
卖椰枣汁的人，那个挨家挨户乞讨的
讲故事之人。”萨拉兹

一直在和这个声音对话，他对它的敬奉

彻底改变了
他的生命。你可以在夏姆士的《布道书》中
读到这个故事，这里

我就不再重复。有人也许会误解。萨拉兹
从沙漠来到城里，他的
脸因与挚友的友谊而光彩熠熠。城里的长老们
出来迎接圣人，

并要求他讲道。“不。我现在的任务，是
安静和谦逊，而非
自我吹嘘。我要带着这只篮子，挨家挨户
说一句话：

‘如果真主要你施舍，一定要慷慨。’
无论是什么，
我都会接受。”萨拉兹谢赫只想和他听到的
声音在一起。对无形声音的爱

已经足够。他不需要酬劳。有一种营养，
就像面包，给你生命的
一部分提供食物。还有一种营养，就像光明，
为你的另一部分提供食物。

关于克制，对于前者，有很多准则，但
对于后者，只有一条：
永远不要感到满足。享用

灵魂的食物，就像

灯芯吸饱浸泡它的灯油。把光明
带给你的同伴。

三十九、战士之光：个体如何体现集体

这一刻，这份爱来到我心中休息，
许多生命，在一个生命之中。

当有人做着内在工作，就会有一种力量在积聚。穆萨独自与真主在沙漠中交流，西奈开始起舞！冥想、祈祷和密谈是与道、静默、一个敞开的心灵的美善合一的方式。

一头被锁链束缚的熊，也许看似在执行驯兽师的指令，但在熊的内心有一种狂野，它与任何交易或无聊的街头娱乐无关。一个自然的战士会在静修中积聚能量。

这与战争或武术无关。没有刀光剑影。神秘家们都同意：如果我们为了让自己变得清明而在内心斗争，一旦内心的战争结束了，我们就无须外

在的战争。任何战争都是内在的战争。

那些做灵魂工作的人，都渴望灼热的真理而非安慰或掌声，他们会即刻分辨出两者。那些另有所求的人会转身离开，在另一个房间坐下。灵魂塑造者会彼此为伴。

战士之光

贾法尔，穆罕默德的堂弟，是浓缩之光的
战士。当他骑上战马
驰向一座城池，对于他的干渴，它只是
一口水而已。故事

发生在穆塔尔。没有人出去和他对战。
“该怎么办？”国王问
他深谋远虑的大臣。“如果您要拔剑
和这个人对战，”

大臣答道，“那就先准备好您的后事！”
“但他只是孤身一人！”
“不要看他人单势孤。要用您的智慧去看。
他会聚集众人，就像星光

在阳光中消融。”人类能体现一个
集体、一种灵性的
威严，这并不像是拥有一个名字或身体。
一群麋鹿可以显现

千百个鹿角，但当一只狮子现身，
它们就会溃散。

内在的孤独

一个人就像是穆萨手中的手杖，或尔撒口中的
话语，外表只是
一根木棍，或乡村方言。
但它的内涵

能分开碧海，让死人坐起来微笑。你
看见远处的
营帐，你向它走近。有一个黑点，有人
在走动。你靠近帐篷。

里面的人目光炯炯，气势非凡。
当穆萨独自从
荒野归来，西奈开始起舞！

熊的真正舞蹈

你有没有听过，在印度，有一个人在路上
遇见一群绝望之人？
他看出，他们刚刚遭遇悲惨的经历。他们没有
食物，没有钱，没有希望。

他的智慧在他的爱中开花，就像玫瑰突然绽放。
“我明白，你们遭遇了
什么事，但在这条路的前方，有一头年幼的大象。

不要杀死并吃掉这头

年幼的大象。用它来缓解你们的饥饿轻而易举，
它如此弱小，
孤独无依。但要明白，母象
就在附近，即使

你们看不到它。大象会陪着它们的孩子，就像
真主陪伴他的恋人。
非在和临在是相同的状态。对于那些满怀爱的人，
遭蹂躏、被放逐、受监禁、

变成孤儿，这些都不是存在的真正品质，他们
身处与挚友的友谊之中，
千万个四散的苦行僧并不独自行动，而是作为一个
巨大的整体。不要

伤害那头年幼的大象！将会发生的事，会让你们
世世代代都后悔不已。看向
路的更远处。一头被锁链束缚的熊，在为
商人的贪婪而跳舞，

但熊的真正舞蹈，与蜂蜜或
签字的文件无关。”

四十、选择和完全臣服：两者都是真的

理智的头脑不可能理解这一点：
每一个人类的选择，都像一个投降的奴隶
向绝对的创造意志
俯首，但这并不会剥夺我们的自由，或我们
对自己的选择所负的责任！

——《玛斯纳维》第5卷

我们确实在时空中做出选择，但它们发生于一个绝对的创造性意志更广泛的背景中。我可以表述鲁米的说法，但并不是说，我能理解它。

要了解命运和自由意志的运作，唯一的方法就是在奥秘中舞蹈，并在其中死去。当心灵在一门超越任何计算的艺术中敞开，和解就会来临。

选择和完全臣服

一个有哲学家头脑的小偷，正在
果园里摇晃一棵树上的果实，这时，果园的主人
走过来。“难道你不敬畏神圣的诫命？”
“可是，看，这里是多么丰盛！

我只是它的享受的代理。”果园
的主人把这个人
绑在一棵果树上，并开始打他。
“这是一根并不复杂的棍棒。我只是它的正义的工具。”

“等等！你说得对。我放弃宿命论的信仰。确实有
自由意志。我们确实有
各种选择！请住手！”每一个人都有选择的
能力，因为造物主

选择了创造，所以，自由与生俱来。而这就是
非凡的真理：
每一个人类的选择，都像一个投降的奴隶
向绝对的创造意志

俯首，但这并不会剥夺我们的自由，或我们
对自己的选择所负的责任！
你可能会耍小聪明，说：“我怀疑
真主的存在，

这是由真主的意志决定的。”这只说对了一半。
你也选择了怀疑。

这些决定

国王和他的大臣们关于命运和自由意志的
古老争论一直在
延续。国王反驳他们的论点：一言一行都
命中注定。“但是，

我们当然必须为我们的所作所为负责！否则
为何阿丹会承认有罪？
他本可以用撒旦的话来回答：‘是你将我引入歧途。’
阿丹确实有一个选择。”

但不知何故，命运和自由意志，两者都是真的。
我们在两趟旅程之间
摇摆。我们是该去摩苏尔做生意，还是该去巴比伦
学习秘术？

这些决定都是真的。一个人喝多了酒。
难道另一个人醒来时
会带着宿醉？当你整天工作，你就会领到工资。
从你的灵魂和身体

出生的孩子，会抱住你的大腿。难道还会有
别的结果？而如果

后果未能在这里显现，它们肯定已在
不可见的世界形成。

布边

你摧毁了我的店铺、我的家，现在，我的心儿，
但我怎能逃离
赐予我生命的那位？我厌倦了个人的忧虑，
我爱上了疯狂的艺术！

撕开我的羞耻，并且展现奥秘。我还要与
自我设限和恐惧
相伴多久？朋友们，事实就是如此：
我们是布边，被缝进

一件长袍的衬里。很快，我们就会松动，
缝线会脱开。心上人
是一头狮子，而我们是他爪下跛足的小鹿。
想一想，我们可有什么选择！

我们默许，当挚友说："来到我心中，让我向你
展现我的容颜。
在你存在之前，你曾见过；现在，
你想要加快，再加快。"

我们一直在从时空之外暗中获得营养。这就是
为何我们寻找的比这更多。

译后记

万源一

鲁米在《玛斯纳维》中讲过一个寓意深刻的故事。在巴格达，有一个人继承了巨大的家产，但他不知珍惜，挥霍一空。在穷困潦倒之际，他向真主祈祷。最后，他在梦中听到一个声音告诉他："你的财富在开罗。去那里的某个地点挖掘，你就会找到你想要的财富。"于是，他历尽艰辛，一路跋涉，终于来到开罗，但他已身无分文，只能靠乞讨为生。巡夜的警察误以为他是小偷而抓住他。"等一等！"他向警察解释道，"我并不是小偷，我住在巴格达，刚刚来到开罗。"接着，他道出了自己做的梦和埋在地下的宝藏。警察对他的话深信不疑，对他说："虽说你是个好人，但你有点笨。我也做过这样的梦。在梦中，有个声音告诉我，在巴格达某某街的某个地方，埋着一座宝藏。"警察说的正是这个人住的地方！他甚至还提到了这个人的名字！警察说："但我并没有按梦中的指示去做。看看你，你这样做了，在世上流浪，落得沿街乞讨，穷困潦倒！"那个寻求者却在心中暗想："我所渴望的，原来就在巴格达我自己的家中！"

鲁米借这个寻求者之口总结道："生命之泉就在这里，我一直在其中畅饮，但走过漫漫长路，我才明白！"

有趣的是，巴西作家保罗·柯艾略根据这个故事改编的小说《牧羊少年奇幻之旅》在全球畅销6500万册。美国诗人科尔曼·巴克斯翻译的鲁米诗集《在春天走进果园》也创造了诗歌出版的奇迹，在美国售出50万册，掀起的鲁米热潮蔓延整个西方世界。

鲁米的诗歌，之所以在当代美国乃至全世界受到如此广泛的喜爱和欢迎，原因有很多，根本的一点是，鲁米不仅是一个满怀渴望与狂喜的诗人，他更是一位大师、一位开悟者。他深邃浩瀚的心灵世界决定了这些爱的诗歌的高度和品质。翻译和阅读鲁米，我感觉就像是在玩一个神秘而有趣的拼图游戏。我想象自己徜徉在鲁米生动而优美的诗歌海洋中，一路采撷它的粼粼波光，这些智慧的闪光就像一片片拼图的碎片，我尝试拼凑、还原出诗人所要展现的一幅宏伟绚烂的心灵世界的画卷。

虚幻与真实 作为伊斯兰教神秘派别的苏非派，其最大的特点在于："一切非真，唯有真主"。这句话一方面道出了世间一切的虚幻本质，另一方面，它也肯定了真主是唯一的真神和造物主的地位。我们是真主的受造，来到这个幻觉的世界。我们受着两股能量的吸引，一种是动物能量，一种是灵性能量。只有当我们活出动物的能量，我们才会明白，这些满足并不是我们真正想要的。我们在这里还有更重要的目的，那就是追随神秘的渴望，并且超越它们，回到我们原来的家中——真主的怀抱。因此，我们在这里"并不是为了牟利，也不是为了欢愉，甚至不是为了喜悦"，而是要"把你的生命交给你内在的那一位"，如果你不这样做，鲁米说，你就是在浪费你的生命。他也为我们描绘了那些逃亡者的形象，他们会忍受与真主的"分离之苦，痛苦，但依然欢笑。欢笑就是恋人之道。他们快乐地活，快乐地死，始终容光焕发，知道正在到来的回归"。

"我们是这里的异乡人。"鲁米对我们身处其中的时空幻境有着深刻的认识。一方面，物质世界就像泥潭一样，我们面临深陷其中的危险；另一方面，他也明白，这一切只是造物主的一个设计而已。虽然我们的身体感官摇摆不定、模糊不清，欲望让我们执迷和昏睡，但我们心中始终有一团清澈的火焰。并且，真主会为我们派来先知和向导，并赐予我们恩典和祝福。这就像是在玩一个发现宝藏的游戏，而宝藏就在我们自己心中。或者说，我们身处天堂，在梦中梦见另一个有形有相的幻觉世界，当我们开始相信梦中的世界，我们就忘了自己真正在哪里。而当我们认出梦境的虚幻不实，我们就会从梦中醒来。

这一历程就是灵魂的进化过程。从矿物，到植物，到动物，再到人类，"我们已由我们最初的样子改变了千万次，每一次的展开都好过上一次"。我们在这里所要做的就是转化的工作，把欲望转化为渴望，把愤怒和仇恨转化为喜悦和爱，是要"让不可见的灵性经由你而闪闪发光"。

寂灭与回归 苏非派认为，心灵才是我们最根本的存在状态，爱则是一条寂灭之路。我们最初的状态是非在，我们的回归之旅就是要回到与真主合一的境界。而这样的回归，并非发生在死后，相反，鲁米敦促我们，要"在我们死前死去"，这就是消融于心灵之中。

这样的合一经验就是鲁米所说的"法纳"，我们因品尝到了真主的甜蜜而狂喜。但我们还会从法纳中回来，这也许就是所谓的"看山还是山"的阶段，不同的是，我们内心怀着一份清明、一份不可动摇的平安，活在当下的每一刻，展现出灵魂之美。

在鲁米眼中，存在包含于非在之中，是本质的彰显形式。在《恋人若能赴死》一诗中，鲁米写道："一个伟大的灵魂来到夏姆士面前。'你在这里干什么？'回答：'那里有什么可做？'""这里"指的就是我们所处的现象世界，"那里"则是我们所来自的合一境界。两者的区别，就是有无之别。在鲁米看来，存在就像是一只鱼钩，"任何被抓之人都会失去自由的喜悦。被钉于四大元素就是一次十字架受难"。非在则是"我们在其中畅游的海洋"。已经深深认同于头脑和身体的我们，对寂灭、非在和虚空有着本能的恐惧，鲁米则为我们展现了另一种截然相反的视角：我们"以为我们将要消解于非在，但非在更害怕，它会被赋予人形"！

鲁米提醒我们，我们的灵魂就像国王的猎鹰，有着高贵而神圣的品质，并且拥有自由意志，能够摆脱自我而体验到灵魂的喜悦。他形象地用水滴回到大海的比喻告诉我们，这种表面的放弃并不是一场灾难，而是回归，是一场合一的婚礼。

爱与臣服 鲁米诗歌中所谈论和描绘的爱，与我们通常所认知和理解的爱是截然不同的。爱是"最后一包三十磅重的货物，当你把它装上船，船就会底朝天"。鲁米所说的爱，就像是"一个疯子，执行着他疯狂的计划，撕扯下他的衣服，在山中奔跑，喝着毒药，现在，安静地选择寂灭"。这样的爱与真主有关，实际上，爱就是"真主的一种品质"，对真主来说，一切都是爱，一切都处于爱之中，甚至可以说，真主就是爱本身，那是一种无限而永恒的境界。在这种状态下，爱是无条件的，也一无所需，甚至没有爱的对象。恋人、心上人、爱，三者已合而为一。我们所了解的世间层面的爱，则是局限的，必须依附于对象，带有各种条件，需要讨价还价，随时会中止和收回。鲁米称这种爱是“没有实质的影子”，但他也说，“这样的爱，也是无限之爱的一部分，少了它，世界就不会进化”，“真主就活在一个人和他所想要的对象之间”，“多么神奇。真主就在吸引你的事物之中”。

鲁米告诫我们，要用这样一种方式坠入爱河，它会把你从任何束缚中解放出来，要“将自我清空，并用爱填满”。作为回归真主的方式，爱既狂野，又令人困惑。因为这样的爱会让你“失去你曾经认为有价值的一切”。但这样的爱会带来觉醒。我们由此而进入臣服的阶段。“我完全信任真主。我是一只等着被踢的皮球。我自己什么也不做。这就是当你不再尝试、让吸引你的源头完全掌控时所发生的情形。”这样的臣服会让我们变得“无助和愚钝”，对任何事都不再确定。在《谁借我之口发言》一诗中，鲁米有惊人的一问：“谁把我带到这里，谁就必须带我回家。”乍一看，这是一种酒醉后的冒犯和挑衅，但再细细想来，这又何尝不是一种深深的臣服。他在这首诗中又说：“我来到这里，并非自愿，同样，我也无法离开。”

挚友与真主 可以说，是大不里士的夏姆士造就了作为伟大心灵诗人的鲁米，鲁米的这些诗歌则是对这位挚友的渴望、思念和赞颂。夏姆士到底对鲁米意味着什么，鲁米的这句话道出了其中的秘密：“我原以为属于真主的品质，如今，我在一个人的身上看到了。”夏姆士就是真主的化身，这就是鲁米所说的“夏姆士·大不里士，你的容颜是每一门宗教想要牢记的一切”的真正含义。因此，每当鲁米提及挚友时，他同时也是指太阳，更是指光明的本质——真主，或心上人。在鲁米眼中，真主是所有可见和不可见的事物、存在与非在的至高无上的创造者。但鲁米对这位造物主并无丝毫敬畏或恐惧之情，相反，他处处表露出一种恋人之间才有的爱的亲密：“心上人是一头狮子，而我们是他爪下跛足的小鹿。”

在鲁米的世界里，真主是最真实的现实。“如果你想了解真主，那就享受恋人的陪伴。”“无论我寻找什么，我始终在寻找您。”“我的心上人是不是无处不在？”“带来快乐的一切，都是挚友的芳香。让我们惊奇的一切，都来自那光明。”

他认识到，“只有与您合一才会带来喜悦”，“慈爱的真主是唯一的喜悦”。当我们在爱中与真主合一，我们只剩下一种海洋般的感觉，一种消失于阳光中既空又满的感觉，这就是狂喜的核心。他最终认识到，那位挚友就是“你最本质的自我”，“开启者和被开启者是同一回事”！

自我与自性 “我是谁？”这是每个人都问过的问题，但并不是每个人都已找到令自己满意的答案。鲁米的回答或许会带给我们启发或共鸣。“你是谁？内在的视力？心灵？半明半暗的神性，这是不是你？”“你是灵魂，你是爱，不是一个精灵、天使或人类！你是一个神人或人神！”这样的答案我们也曾听说过、思考过，但并没有可靠而确凿的证据，我们大多数人大多时候把自己认同于身体、头脑、个性、身份、地位、关系、名声和财富。而在鲁米所描绘的更远、更广阔的心灵画卷中，这样的认知会显得荒谬可笑。我们就像受了女巫诅咒的喀布尔王子一样，沉溺于感官世界，任由命运摆布，不得安宁和自由。他说，“当欲望之鸟看着物质世界所提供的一切，并追逐着它的欲望，它真的是在啄食它自己”，“我们都在悲喜之间被拖来拖去，就像脖子上拴着两根绳子”。

鲁米得出的结论是，必须否定自我，放下头脑。当你把头脑踢开，“一千条新的道路就会清晰展现”。这就是先知和完人给我们带来的启示：“无我才是你真正的自我、宝剑和盔甲，而大多数人都这样活着：就睡在清澈溪流的岸边，却依然口干舌燥。在梦中，你跑向海市蜃楼。当你一路奔跑，你为看到了绿洲而自豪。”他要求我们要像乌姆鲁勒·盖斯和塔布克国王一样，“离开了虚假的自我，活在更真实的自性之中”。鲁米把这种自我超越称作“另一种死亡”“爱的杀戮”。经由这样的转化，“你曾经是火，现在，你是光。你曾经是一粒生涩的葡萄，现在，你丰满多汁，如今，你是一颗甘甜的葡萄干。一点星光变成了太阳”。

开悟与看见 我曾有过这样的疑问：一个开悟者和常人到底有什么样的不同？我的答案是，并不是他们比常人多了什么，并不是他们多了与众不同的禀赋、神通或特殊的恩典，而是他们比常人少了什么，他们少了常人所不愿放下的自我和对幻觉的执着。他们看自己、看世界的眼光完全改变了。鲁米说："经由夏姆士的眼睛，看到的水滴全都是宝石。"英译者科尔曼·巴克斯问他的上师："我在你眼中看到的智慧，是否有朝一日也能来到我的头脑中，并用它去看世界？"巴瓦回答道："直到这个我成为我们。"这个简单的回答道出了开悟的本质，开悟者可以说是一个无我之人，至少，他对自性的认同已几乎完全取代了对自我的认同。

就像盲人摸象一样，感官认知有着明显的局限和缺陷。鲁米提醒我们，还有另一种看的方式。我们都有"能看到永恒的眼睛"，那就是灵性的视力，这种眼光"看待事物的方式，与它们所是的样子正好相反"，"对于那些用灵魂之眼看的人，甚至身体的死亡都是美丽的"。这就是内在之眼，它能看见肉眼所看不到的另一种光明。这就是与真主的合一之光，"当你看到合一的辉煌，二元性的吸引力就显得让人心碎而又可爱，但不再那么有趣"。

头脑与灵魂 鲁米的生命观并不局限于生死之间的短暂间隙，他所看到的是一幅更为壮阔的灵性生命的图景。他已看穿死亡的虚幻不实，身体的死亡就像睡眠一样。不朽的灵魂在这里是为了成长和盛开。他说："灵魂在这里是为了它自己的喜悦。"外在世界则是内在世界的反映和彰显。大多数人为自然之美所吸引，但我们并没有意识到，我们只是爱着溪水中的倒影，而完全忽略了它的源头——灵魂的存在。"要努力去闻真正果园的芳香。品尝葡萄园中的葡萄园。”

在这里，我们的灵魂就像是《印度鹦鹉》中那只笼中的鹦鹉，它被束缚于身体之中，失去了它本有的自由。而我们从这里逃脱的过程，就像是从头脑中孵化出灵魂之鸟。鲁米指出，正如年老的哲人临终前所认识到的，他的头脑对他并无帮助，“我一直愚蠢地四处奔忙，想要躲开圣人”。而只有灵魂才能让我们获得平安和喜悦，让我们更加接近真理。

鲁米观察到，人们的心灵是相通的，“在彼此之间，我们有道路相连”。这是灵魂与身体的一个重大区别。每一个人的身体都是相互分离和独立的，而灵魂彼此相连，甚至不分彼此，“穆萨在尔撒的灵魂中，正如尔撒也在穆萨的灵魂中”。同样，生命也是一个整体，“许多生命，在一个生命之中”。

灵魂，或灵魂的总和——灵性，到底是什么呢？爱或真主可以说是它的同义词。当鲁米进入与真主合一的状态，他感觉到“恋人和挚友，是同一个生命”。从个体灵魂到无我的灵性，还需要经历一次转变，这就是鲁米所谓的“羚羊追踪狮子”。这种纯粹灵性的观念最终必然会得出结论：我们是一体的，这就是哈拉智所道出的真理——“我就是真主”。

修行与悟道 鲁米鼓励人们从经验中学习，哪怕我们像蠢笨的驴子一样为世事而奔忙，“我们暂且眼瞎一会儿也有好处，这有助于我们的学习！”他认为，最切实可行的修行，并不是遁入荒野、与世隔绝，而贵在循序渐进、持之以恒。“逐渐减少你给你动物灵魂的食物，更多品尝滋养你清澈光明的食物”，“坚持每天修习。你的专一，是门上的铜环”。要培养自己的觉察力，“要和你心灵的主人一起，时时检查你内心的状态”；要学会权衡取舍你面前的诱饵和大海中的自由，“请回想一下，你灵魂的挚友对你的呼唤”。并且，要培养与挚友的友谊，最终达成无我和与真主合一的状态。

“如果没有巨大的悲伤，没有人能进入灵性。”这是鲁米的经验之谈。他认为，悲伤和痛苦有着独特而不可替代的作用，因为它们能打开我们的心扉，让我们找到爱，并把我们带向挚友。而挚友对我们的帮助之一，就是为我们带来“困难、悲伤和疾病”，所以说，甚至你的缺陷都是彰显荣耀的方式。“会伤害你的，也会把你祝福。黑暗就是你的蜡烛。”鲁米也常常提及渴望的重要性，他说：“渴望是奥秘的核心。渴望本身会带来疗愈。”正是我们的干渴，把我们引向真主的不竭泉源，正是我们的渴望，为我们带来平安，让我们擦亮自我之镜。他还说：“如果我从来不曾感受过这渴望，我就不可能知道，爱是什么。”

鲁米把修行的过程形象地描绘为一种转化，是蜡烛燃烧、化为光明的过程。在这个过程中，“灵魂从知道的灵魂那里受益”，谢赫或老师，有时起着至关重要的作用，“我们都需要很多的学习、谢赫的很多提醒、很多翻转和很多搅拌。慢慢地，内在的黄油就会出现。不要过早放弃搅拌的工作”！另一方面，鲁米也反复提醒，要认出我们自己内在的神性智慧，“在你的内在，有一眼泉水。不要拿着空水桶转来转去”，“在你的头顶，有一篮新鲜面包，你却挨家挨户乞讨面包皮”。

鲁米强调，要“用冥想和静默擦亮你的心灵”，他形象地告诉我们：“你陈旧的生活，原本是逃离静默的一路狂奔。现在，无言的满月已经升起。”静默是深入内在生命核心的必经之路。我们要停止让核桃壳发出声响，而去品味核桃中油脂的静默，“那甜美的喜悦，就是我们费力打开核桃的原因”。经由静默，“灵魂会变得甜蜜，并会更加繁盛”，而纯粹的静默，是一首虚空之歌，会带来平安，并导向与真主合一。

阅读鲁米的诗歌，不仅会带来心灵的愉悦，体味到灵性的自由，也会让我们深入自己的内心，唤醒有关自己源头的沉睡记忆。当我们徜徉在鲁米丰富而广阔的意象海洋中，我们享受着他所带来的爱的盛宴和喜悦的美酒。但最为重要的是，我们有机会走进一个伟大灵魂为我们展现的心灵世界，并进入语言所无法触及、活在我们每一个人内在的神性临在。

全文完